Bywyd byrlymus Elin efo . . .

Cylchgrawn

Calon

Bywyd byrlymus Elin efo...

Cylchgrawn Calon

Chwilio am Seren

Cindy Jefferies

Addasiad Gwenno Hughes

1. **Curiad Calon**
2. **Bechgyn, Bandiau a Sgidiau**
3. **Chwilio am Seren**

Argraffiad cyntaf: 2013

ⓗ addasiad Cymraeg: Gwenno Hughes 2013

Rhif rhyngwladol: 978-1-84527-436-8

Teitl gwreiddiol: *Search for a Star*

Mae'r cyhoeddwyr yn cydnabod cefnogaeth ariannol
Cyngor Llyfrau Cymru.

Cyhoeddwyd yn wreiddiol yn Saesneg yn 2011 gan Usborne Publishing Ltd,
Usborne House, 83–85 Saffron Hill, Llundain EC1N 8RT.

© Testun gwreiddiol: Cindy Jefferies 2011.

Cyhoeddwyd yn Gymraeg gan Wasg Carreg Gwalch,
12 Iard yr Orsaf, Llanrwst, Conwy LL26 0EH.
e-bost: llyfrau@carreg-gwalch.com
lle ar y we: www.carreg-gwalch.com

Argraffwyd a chyhoeddwyd yng Nghymru.

Swydd wyliau

Dechrau gwyliau'r haf oedd hi, ac roedd chwech wythnos o wyliau'n ymestyn o flaen Elin Cadwaladr. Edrychai rhai o'i ffrindiau ymlaen at haf dioglyd, gyda thipyn o nofio, llwyth o bartïon a digonedd o farbaciws, os byddai'r tywydd yn braf. Roedd eraill, fel Hannah ei ffrind gorau, yn bwriadu ennill arian. Roedd Hannah, ei rhieni a'i chwaer hŷn, yn mynd ar wyliau i Sbaen ymhen ychydig wythnosau, ac roedd Hannah yn benderfynol o ennill arian drwy weithio yn siop ei modryb cyn iddi fynd. Roedd ganddi eisoes restr o bethau roedd hi am eu prynu yn Sbaen.

"Mae dillad anhygoel draw 'na," meddai wrth Elin. "Dwi angen sandalau newydd, ond dwi am aros nes cyrhaedda i Sbaen cyn prynu pâr. A llynedd, welais i siaced ledr hyfryd yno, ond ro'n i wedi gwario'r arian gwyliau i gyd a fedrwn i ddim fforddio'i phrynu. Felly 'leni, dwi am wneud yn siŵr y bydda i wedi ennill digon o arian i brynu un. Dim ond gobeithio y bydda i'n hoffi'r ffasiynau diweddaraf!" ychwanegodd.

"Dwi'n siŵr y byddi di," chwarddodd Elin. Oedodd am funud gan feddwl am Hannah'n mwynhau ei gwyliau, tra byddai hi'n treulio'r haf adref yn Llundain. "Mi fydda i'n dy golli di," meddai.

Cododd Hannah ar ei heistedd. "Paid â mwydro!" meddai'n ysgafn. "Mi fyddi di'n rhy brysur yn bod yn newyddiadurwraig cŵl efo cylchgrawn *Calon*. Chei di ddim cyfle i hiraethu amdana i yng nghanol yr holl gyffro, siŵr."

"Digon gwir!" meddai Elin yn chwareus. Roedd 'na fanteision pendant i dreulio'r gwyliau adref, ac roedd hi ar bigau drain am gael ailddechrau gweithio ar y cylchgrawn. Honno oedd y swydd orau yn y byd i gyd.

Edrychodd Hannah yn bwdlyd a phrociodd ei ffrind yn ysgafn. "Wel wir!" meddai. Yna meddalodd. "Does dim ots gen i. Wedi'r cyfan, rydw innau'n mynd i gael sbort hefyd. Ac mi fyddi di angen rhywbeth i dy gadw di allan o drwbwl tra mod i i ffwrdd."

Rholiodd Elin ar ei bol ac estyn am ddarn hir o laswellt. "Fory," meddai gan gnoi'r gwelltyn a'i meddwl yn bell, "mi fyddi di'n llenwi silffoedd tra bydda i'n nôl coffi i olygydd *Calon*. Tydi'n bywydau ni'n *glam*!"

"Aros di!" meddai Hannah. "Erbyn i mi ddod adref o Sbaen, beryg y byddi di wedi ymddangos ar y teledu, wedi cael gwahoddiad i deithio ar gwch hwylio rhyw seren, ac wedi cyfweld actorion a cherddorion enwocaf y byd!"

"Go brin!" chwarddodd Elin.

Ond doedd dim dwywaith fod cael mynd yn ôl i weithio yn swyddfa *Calon* yn hynod gyffrous. Roedd hi eisoes wedi cael cyfle i gyfweld Fflur a Ffion Lewis, y modelau a'r sêr ffilm enwog, ac wedi bod mewn sesiwn tynnu lluniau gyda'i hoff fand bechgyn, Y Sŵn. Roedd hi'n dal i deimlo ias wrth feddwl am Al yn syllu i mewn i'w llygaid wrth ganu iddi. Ei breuddwyd oedd ei gyfarfod eto, a'i glywed yn gofyn iddi fynd allan efo fo. Doedd hynny byth yn debygol o ddigwydd, ond gallai wastad freuddwydio . . .

Cododd ar ei thraed yn anfoddog. Roedd hi'n dechrau tywyllu, ac yn hen bryd iddyn nhw fynd adref. Rhoddodd gwtsh i'w ffrind gorau. "Pob lwc fory," meddai.

"A tithau hefyd," atebodd Hannah.

"Gawn ni sgwrs ar-lein?"

"Wrth gwrs."

"Hwyl fawr!"

"Hwyl!"

Y bore wedyn, safai Elin o flaen yr adeilad anhygoel oedd yn gartref i swyddfa *Calon*. Wrth iddi esgyn yn y lifft, gwnaeth yn siŵr fod ei hen lyfr nodiadau ganddi. Llyfr nodiadau ei thad oedd o, ac roedd Elin yn hoffi meddwl y byddai'n dod â lwc dda iddi. Roedd y llyfr yn ei chysylltu efo'i thad mewn ffordd arbennig iawn, oherwydd roedd o wedi marw cyn geni Elin. Roedd Dad wedi sgwennu cynghorion iddo fo'i hun drwy'r llyfr. Y cyntaf, a ffefryn Elin hyd yma, oedd *Galli di wneud hyn!*

Camodd Elin o'r lifft ar y trydydd llawr, a newid i'w hesgidiau swyddfa yn y cyntedd. Roedd Seren Maelor, y Prif Olygydd, yn *hynod* o gysetlyd am ei charped gwyn, yn ogystal ag am ei staff. Cyn iddi gerdded i mewn i'r swyddfa fawr agored, gwnaeth Elin yn siŵr fod ei gwallt a'i cholur yn daclus. Roedd yn bwysig iawn ei bod yn edrych yn dda.

Roedd merch newydd yn eistedd wrth

ddesg y dderbynfa – merch ychydig yn hŷn nag Elin, a chanddi wallt du hyfryd a llygaid tywyll. Edrychodd ar Elin a gwenu.

"Croeso i *Calon, y cylchgrawn gorau yn y byd*," meddai. "Alla i dy helpu di?"

"Elin Cadwaladr ydw i," eglurodd Elin gan ddangos ei cherdyn adnabod. Dwi'n gweithio yma dros yr haf."

"Wrth gwrs – Elin!" Edrychai'r ferch yn falch o'i chyfarfod. "Debbie Wu ydw i. Mae Gloria wedi sôn lot fawr amdanat ti."

"Do wir?" Petai Gloria – neu Glôôriaah fel yr hoffai i'w henw gael ei ynganu – wedi bod yn ei thrafod gyda Debbie, ofnai Elin na fyddai wedi dweud pethau da amdani. Doedd Gloria ddim wedi hoffi Elin ers y diwrnod cyntaf y cyrhaeddodd hi'r swyddfa. Roedd Yncl Meurig, oedd ar fwrdd cyfarwyddwyr *Calon*, wedi trefnu iddi wneud profiad gwaith yno.

Cymerodd Debbie Wu gip dros ei hysgwydd a gwenu'n wybodus ar Elin. "Mae hi'n iawn," dywedodd. "Mi siaradais i efo Eleanor hefyd. Mi fydda i wastad yn gwrando ar y ddwy ochr ac yn dod i 'nghasgliadau fy hun am bobl."

Roedd Elin yn gobeithio bod hynny'n wir. Efallai fod Gloria wedi penderfynu y byddai'n well iddi drin Elin yn fwy caredig os oedd hi am ddal ati i weithio yn *Calon*. Byddai'n rhyddhad mawr i Elin petai hynny'n wir.

"Oes gen i ddesg, tybed?" gofynnodd i Debbie. "Y tro dwytha, ro'n i'n defnyddio desg Gloria gan ei bod hi yn y dderbynfa."

"Dwi'n falch o ddweud bod gen ti ddesg!" meddai Debbie'n hapus. "Mae Seren ac Eleanor wedi penderfynu y byddai'n syniad da cael desg sbâr ar gyfer y staff llawrydd, felly galli di ei defnyddio tra byddi di yma. Rydan ni wedi aildrefnu cwpwl o bethau yn y swyddfa," ychwanegodd. "Fe gyrhaeddodd y ddesg ychydig ddyddiau'n ôl."

Edrychodd Elin o'i chwmpas a sylweddoli

bod sawl peth wedi newid. Roedd y peiriant dŵr yfed wedi diflannu, ac yn ei le roedd desg newydd. Gan bod y ddesg o flaen y ffenest, byddai gan Elin olygfa fendigedig.

"Gwych! Ond ble mae pawb?"

"Mae Gloria ac Eleanor yn swyddfa Seren, mewn cyfarfod golygyddol," atebodd Debbie. "Dwi'n meddwl eu bod nhw'n aildrefnu'r amserlen i weld a fedran nhw gyhoeddi pob rhifyn heb i bethau fynd yn ras wyllt yn y diwedd."

"Mae cadw at y dedlein yn medru bod yn straen," cytunodd Elin, gan gofio pa mor anodd oedd cael ei herthygl ar Y Sŵn yn barod mewn pryd. Roedd hi wedi treulio diwrnod gwych efo'r band, ond doedd sgwennu'r erthygl dan bwysau amser ddim yn brofiad mor bleserus.

Cerddodd Elin draw at ei desg newydd. Pren golau oedd hi, gyda bwlch oddi tani i gadw'i gliniadur, a dwy ddrôr fechan ar un ochr. Roedd cadair esmwyth yn ei hymyl, a thrwy'r ffenest gallai Elin weld yr adeilad gyferbyn, a'r stryd islaw. Syllodd ar y traffig am eiliad, ond prin y gallai glywed unrhyw sŵn gan ei bod hi ar y trydydd llawr.

Eisteddodd i lawr, ac agor ei gliniadur. Roedd Eleanor, yr Is-Olygydd, wedi anfon e-bost ati i'w chroesawu'n ôl; roedd Seren hefyd wedi anfon neges debyg, ond roedd honno mor amhersonol nes gwneud i Elin feddwl ei bod yn anfon yr un neges at bob gweithiwr newydd ers iddi gael ei phenodi'n Olygydd. Roedd neges arall oddi wrth Eleanor hefyd, dan y teitl *Cyfarwyddiadau*. Doedd Gloria ddim wedi anfon e-bost i'w chroesawu, ond doedd Elin ddim yn synnu.

Roedd Elin yn falch iawn fod Seren Maelor wedi penderfynu eu bod nhw angen rhywun o'r un oed â'r gynulleidfa darged i weithio yn y swyddfa, ac roedd hi'n fwy balch fyth mai hi oedd y person hwnnw. Roedd hynny, a'r ffaith ei bod hi'n cyd-dynnu'n dda efo Eleanor, yn gwneud iawn am y ffaith bod Gloria ddim yn ei hoffi. Cliciodd Elin ar y *Cyfarwyddiadau* a'i agor.

Dros yr haf, rydyn ni am i ti wneud rhestr o bobl rwyt ti'n meddwl y byddai darllenwyr Calon yn hoffi eu gweld yn ymddangos yn y cylchgrawn, ac yna cysylltu â nhw a'u cyfweld! Mae ganddon ni restr fewnol yn barod, ond rydyn ni'n gobeithio y galli di ychwanegu ati. Ebostia dy syniadau ata i er mwyn i ni drafod a phenderfynu efo pwy ddylet ti gysylltu gyntaf. Ond cofia, paid â chysylltu efo neb heb fy nghaniatâd i.

Pwysodd Elin yn ôl yn ei sedd, a'i chalon yn curo'n gyflym. Am gyfarwyddiadau gwych! Gallai feddwl am ddwsinau o bobl yr hoffai hi ddarllen amdanyn nhw . . . a byddai eu cyfarfod yn well fyth. Doedd hi ddim yn eiddigeddus o Hannah a'i gwyliau yn Sbaen! Roedd hwn yn mynd i fod yn haf i'w gofio!

Hedfanodd ei bysedd dros y bysellfwrdd wrth ruthro i restru enwau ei hoff aelodau band, cantorion a sêr ffilm. Tybed a fyddai hi wir yn cael y cyfle i gyfarfod rhai ohonyn nhw dros y chwe wythnos nesaf? Roedd trefnu cyfweliadau'n gallu cymryd amser, felly doedd dim amser i'w wastraffu.

O fewn hanner awr roedd ganddi restr hir, ac aildrefnodd y cyfan er mwyn rhoi enwau ei hoff sêr ar ben y rhestr. Ar ôl gorffen y rhestr, e-bostiodd hi at Eleanor gan deimlo'n falch iawn ohoni'i hun. Edrychodd ar ei horiawr a sylweddoli bod ganddi ychydig o amser rhydd cyn y byddai'n rhaid iddi fynd i nôl coffi ar gyfer y staff. Teimlai ei bod wedi dod i ben yn dda iawn efo'i thasg gyntaf.

"Elin?" Eleanor oedd yna, yn gwenu'n glên ar ôl dod o'i chyfarfod efo Seren.

"Haia!" atebodd Elin, gan wenu fel giât ar yr Is-Olygydd. "Mae'n grêt bod yn ôl!"

"Mae'n dda dy gael di," meddai Eleanor gan edrych ar sgrin ei gliniadur. "Ac mae'n amlwg dy fod ti wedi bod yn brysur iawn yn barod."

"Wel, ro'n i'n credu y dylwn i fwrw ati ar

unwaith," meddai Elin yn bles.

Cododd Eleanor ddalen o bapur oddi ar ei desg a'i chynnig i Elin. "Dyma'n rhestr fewnol ni," dywedodd. "Beryg fod y mwyafrif o'r bobl rwyt ti wedi'u cynnig arni hi eisoes. Ond mae 'na un neu ddau nad oedden ni wedi meddwl amdanyn nhw." Edrychodd ar ei sgrin eto cyn dweud, "Harri Daniels . . . mae'r enw yna'n canu cloch, ond alla i ddim meddwl pwy ydi o . . ."

"Fo sgwennodd y drioleg ffantasi wych, *Garwddant*," eglurodd Elin. "Mae'r llyfrau'n cael eu haddasu'n dair ffilm. Es i a Hannah, fy ffrind, i weld y ffilm gynta ac roedd hi'n *wych*! Dwi ddim yn synnu ei bod hi wedi ennill llwyth o wobrau. Mi fydd yr ail ffilm yn cael ei rhyddhau cyn hir, ac alla i ddim aros!"

"Wrth gwrs!" Edrychai Eleanor yn flin efo hi'i hun. "Ddylwn i wybod hynna. Dwi'n siŵr y bydd Jo yn tynnu lluniau o'r actorion ar y carped coch yn y dangosiad cyntaf. Ond dwi ddim wedi gweld gair am yr awdur yn unlle. Ydi o wedi sgwennu unrhyw beth arall?"

"Dwi ddim yn meddwl," atebodd Elin. "Mi hola i, ond dwi'n credu mai dyma ei lyfrau cyntaf."

"Wel," meddai Eleanor, a golwg feddylgar ar ei hwyneb, "fyddwn ni ddim yn cyfweld awduron fel arfer, ond roedd y ffilm yna'n enfawr ac ella bod stori dda i'w chael. Be am i ti wneud tipyn o ymchwil ar-lein i weld be fedri di 'i ddarganfod am yr Harri Daniels 'ma? Ddylen ni ei roi o ar ben ein rhestr, tybed? Mi fyddai'n rhywun gwahanol i'r arfer, ac ella gallwn ni glymu'r cyfweliad efo'r ffilm newydd pan gaiff hi ei rhyddhau."

"Iawn," meddai Elin. Cymerodd gip ar y rhestr a sylwi bod enw arall ar goll. "Be am Y Sŵn?" gofynnodd gan feddwl am fechgyn ei hoff fand – yn enwedig Al.

Chwarddodd Eleanor. "Fedri di ddim cyfweld yr un bechgyn dro ar ôl tro," meddai, "jest oherwydd dy fod ti'n eu hoffi."

Cochodd Elin.

"Dechreua trwy chwilio am wybodaeth am Harri Daniels. Wedyn mi benderfynwn ni a ddylet ti drio'i gyfweld o ai peidio. Iawn?"

"Iawn," atebodd Elin. Astudiodd y rhestr yn fwy gofalus a synnu. "Mae 'na sawl person ar y rhestr 'ma nad ydw i wedi clywed amdanyn nhw," meddai wrth Eleanor.

"Mae hynny achos nad ydyn nhw'n enwog eto," atebodd Eleanor yn chwareus. "Mae 'na rai o'r cerddorion yn gweithio ar albwms fydd yn llwyddiant mawr ymhen rhyw flwyddyn neu ddwy."

"Waw!" ebychodd Elin. "Wel, well mi fynd i chwilio am wybodaeth ar Harri Daniels."

Roedd Elin *yn* bwriadu gwneud hynny, ond yn gyntaf allai hi ddim rhwystro'i hun rhag chwilio am wybodaeth am un neu ddau o'r enwau anghyfarwydd ar y restr fewnol. Actor hynod olygus oedd wedi cael ychydig o rannau bychan mewn dramâu teledu oedd un ohonyn nhw, a'r llall yn ganwr mewn band anghyfarwydd. Roedd cerddoriaeth y band i'w gael ar-lein, a phenderfynodd Elin wrando arno adref yn nes ymlaen. Yna dechreuodd ar y dasg o chwilio am Harri Daniels.

Anaml y byddai awduron yn dod yn enwog, ac allai Elin ddim cofio darllen unrhyw beth am Harri Daniels, er ei bod hi'n gwirioni ar ei lyfrau. Oedd o'n ifanc neu'n hen, yn Gymro neu'n ddi-Gymraeg? Doedd ganddi hi ddim syniad. Ond buan y gwelodd ar y cyfrifiadur fod ganddo wefan a blog, felly byddai'n hawdd dysgu rhagor amdano.

Treuliodd Elin gryn amser yn darllen pob darn o wybodaeth y gallai ei weld am Harri Daniels. O'r diwedd, eisteddodd yn ôl yn ei chadair a rhwbio'i llygaid.

"Eleanor?"

"Ia? Sut hwyl wyt ti'n ei gael?"

Brathodd Elin ei gwefus. "Mae'r Harri

Daniels 'ma'n od. Fedra i ddim gwneud pen na chynffon o'r peth."

"Be 'di'r broblem? Ydi o'n swnio'n foi diflas?"

"Na, nid dyna'r broblem." Trodd Elin yn ei sedd er mwyn gweld Eleanor yn iawn. "Mi fyddai'n darllenwyr ni wrth eu bodd yn dysgu mwy amdano fo. Ond er mod i wedi darllen llwyth o bethau am ei *lyfrau*, does dim gair yn unman ynghylch sut un ydi o ran pryd a gwedd, pa mor hen ydi o, nac i ble'r aeth o i'r ysgol . . . dim byd!"

Newyddion Swyn

Syllodd Eleanor ar Elin. "Wir? Does ganddo fo ddim gwefan?"

"Oes," atebodd Elin. "Ond does 'na fawr o ddim byd arni hi."

Gwenodd Eleanor. "Dyna pam fod yn rhaid i ti wneud gwaith ymchwil, Elin. Mi ddylet ti wybod hynny. Dydi pawb ddim yn rhoi hanes eu bywyd ar eu gwefannau. Edrychaist ti ar y Gweplyfr?"

"Do," atebodd Elin. "A dwi *wedi* bod yn gwneud gwaith ymchwil. Dwi wedi rhoi ei enw yn Google, wedi darllen ei wefan a'i flog o'r dechrau i'r diwedd, a phob gair arall fedrwn i ddod o hyd iddyn nhw, ond mae'r cwbl mor ddi-ddim rhywsut."

"Wel, ella bod hynny'n ei wneud o'n fwy diddorol," meddai Eleanor. "Ella 'i fod o braidd yn swil. Mae rhai awduron felly. Ond rhaid bod 'na fanylion cyswllt ar gael yn rhywle. Ella y cei di sgŵp – dwi ddim yn cofio'i weld o'n cael ei gyfweld yn unman arall. Cer amdani! Ond cyn hynny, waeth i ti nôl y coffi. Mae hi bron yn amser paned, ac mae Seren yn siŵr o ddechrau holi cyn bo hir."

Ochneidiodd Elin a chau ei gliniadur. Roedd Eleanor yn disgwyl iddi fod yn ddyfeisgar, ond teimlai'n rhwystredig gyda'r prosiect yma ar y funud. Petai ganddi *hi* wefan, a phetai *hi* wedi ysgrifennu cyfres o lyfrau gwych, byddai'n sicr o frolio'i hun a rhoi llwyth o luniau ohoni hi'i hun a sêr y ffilm arni. Roedd 'na rai lluniau o'r actorion ar y wefan, wrth gwrs, ond dim un o Harri Daniels ei hun. Ar y llaw arall, roedd Eleanor yn iawn – roedd y dirgelwch yn ei wneud o'n fwy diddorol, a byddai'n sbort ceisio dod o hyd iddo. Byddai'n rhaid iddi weithio'n galetach a defnyddio'i dychymyg, dyna i gyd.

Oedodd wrth y dderbynfa cyn cychwyn allan. "Sut wyt ti'n hoffi dy goffi, Debbie?" holodd. "Dwi ar fin mynd i nôl archeb pawb."

"Dwi ddim yn yfed coffi," atebodd Debbie. "*Te Earl Grey* ydi'r gorau gen i." Gwenodd ar Elin. "A dwi'n gwneud paned i mi fy hun yn y gegin pan fydda i awydd un."

"O." Prin bod neb arall yn defnyddio'r gegin fach ar bwys y cyntedd. Beth oedd Gloria'n ei feddwl am y peth, tybed? Dychmygai Elin y byddai'n edrych i lawr ei thrwyn ar rywun oedd yn yfed te.

Cynhesodd Elin at Debbie. Roedd unrhyw un a fentrai fod yn wahanol yn apelio ati. "Wela i di wedyn," dywedodd. Brysiodd i gyfeiriad y lifft, a phwyso botwm i fynd i'r seler.

23

Dylai Elin fod wedi mynd i'r llawr gwaelod ac allan drwy brif fynedfa'r adeilad, ond roedd ganddi ychydig funudau i'w sbario felly penderfynodd fynd i ddweud helô sydyn wrth Swyn, ei ffrind gorau yn yr adeilad. Swyn oedd yn gofalu am y post, ac roedd hi'n cael ei chadw'n brysur yn mynd o gwmpas y swyddfeydd. Roedd Glyn, ei chariad, yn gweithio yn yr adeilad hefyd – yn yr Adran Dechnoleg, yn gofalu am gynnal a chadw'r holl gyfrifiaduron yn yr adeilad. Roedd o'n olygus iawn, a fo oedd ail hoff berson Elin yn *Calon*.

Yr eiliad y gwelodd Swyn hi, rhoddodd y pentwr amlenni oedd yn ei dwylo i lawr er mwyn gallu cofleidio Elin. "Sut wyt ti?" llefodd. "Ro'n i'n amau mai heddiw roeddet ti'n cychwyn, ond do'n i ddim yn siŵr. Ro'n i'n ofni ella mod i wedi cael y dyddiad yn anghywir. Sut mae pethau efo ti?"

"Iawn," atebodd Elin gan gofleidio Swyn. Er mai dim ond yn y gwaith y byddai Elin yn ei gweld, teimlai Swyn fel rhyw chwaer fawr iddi. "Ond dwi wedi bod yn brysur." Soniodd am y cyfarwyddiadau gafodd hi, a gwrandawodd Swyn yn ofalus.

"Swnio'n grêt," meddai'n frwdfrydig. "Mae'n beth da eu bod nhw wedi rhoi prosiect mwy hir-dymor i ti y tro 'ma gan y byddi di yma am sbel go hir."

"Dwi'n cael trafferth efo'r person cyntaf maen nhw am i mi ddod o hyd iddo fo," dywedodd Elin. "Ac mae hynny'n ofnadwy o rwystredig, achos fi awgrymodd o! Rhaid i mi frysio rŵan i nôl y coffi, ond Harri Daniels ydi o, a fedra i ddim hyd yn oed ddarganfod sut un ydi o ran pryd a gwedd. Dydi'r wybodaeth ar ei wefan o'n ddim help."

"Wyt ti wedi cysylltu efo'r cyhoeddwyr?" holodd Swyn. "Dwi'n siŵr y bydd ganddyn nhw lond gwlad o stwff y gallan nhw ei e-bostio atat ti."

"Swyn, ti'n athrylith!" ebychodd Elin. "Pam na feddyliais i am hynna? Mi fedrwn i ofyn iddyn nhw gysylltu efo fo i ofyn am gyfweliad hefyd!"

Chwarddodd Swyn. "Medri, o bosib. Ond dwi ddim yn athrylith. Ar y llaw arall . . ." Gwenodd Swyn fel giât. "Dwi'n meddwl mod i wedi gwerthu darn o grochenwaith."

Roedd Elin wrth ei bodd, gan fod Swyn yn gwneud ei gorau glas i lwyddo fel crochenydd. Yn ogystal â gweithio yn yr ystafell bost, roedd hi wedi bod wrthi ers sbel yn ceisio denu sylw casglwyr at ei gwaith. "O ddifri?" meddai Elin. "Mae hynna'n newyddion anhygoel! Grêt!"

Brathodd Swyn ei gwefus. "Paid â chynhyrfu gormod. Does dim byd yn bendant eto, ond dwi'n obeithiol. Beth bynnag, rhaid i ti fynd. Dwyt ti ddim am i Seren golli'i limpyn."

"Digon gwir," meddai Elin. "Ddo i'n ôl i gael cinio efo ti, os ydi hynny'n iawn. Gei di ddweud y cyfan wrtha i bryd hynny."

"Iawn. Wela i di wedyn."

Aeth Elin yn ôl i fyny'r grisiau ac allan i'r stryd. Diolch byth, doedd y siop goffi ddim yn bell a doedd yna fawr o giw, felly doedd Elin ddim yn hwyr yn cyrraedd yn ôl i'r swyddfa. Rhoddodd baned Eleanor iddi, cyn gosod un ar ddesg Gloria.

"Be 'di hwnna?" gofynnodd Gloria, gan bwyntio ewin lliw emrallt at y cwpan.

Edrychodd Elin arni'n ddryslyd. "Be ti'n feddwl? Dy goffi di ydi o."

Ochneidiodd Gloria'n ddramatig. "Ac mae'n siŵr ei fod o'n llawn o gynnyrch llaeth."

Am eiliad, teimlai Elin braidd yn ddryslyd. Yna deallodd. "Oes, mae 'na lefrith ynddo fo. Latte llaeth sgim ydi o. Dy archeb arferol di."

Ochneidiodd Gloria eto gan ysgwyd ei phen. "Dwi ddim wedi cael latte ers *oes*. Ddim yn y bore, p'un bynnag." Dechreuodd restru ei hanghenion ar ei bysedd. "Yn y bore dwi'n cael espreso dwbwl, yna espreso sengl amser cinio, a latte llaeth sgim am dri o'r gloch."

Rhythodd Elin arni. "Pam na ddywedaist ti? Neu e-bostio, os nad oeddet ti eisio siarad efo fi. Alla i ddim darllen meddyliau! Ond gan *na* wnest ti hynny, rhaid i ti ddioddef latte llaeth sgim efo llwyth o gynnyrch llaeth ynddo fo. *Tyff*!" Brasgamodd i swyddfa Seren yn teimlo'n ddig efo hi'i hun am adael i Gloria ei gwylltio. Roedd hi'n benderfynol o'i hanwybyddu, ond rhywsut neu gilydd llwyddai Gloria i fynd dan ei chroen bob tro.

Curodd ar ddrws ystafell Seren a chamu i mewn gan gario'r coffi'n ofalus. Gan fod caead ar y cwpan papur, ddylai hi ddim colli diferyn – doedd hi'n sicr ddim eisio stŵr gan Seren a hithau newydd ffraeo efo Gloria.

Syllodd Seren ar Elin o'i chorun i'w sawdl am rai munudau, heb ddweud gair. Teimlai Elin yn annifyr bob tro y byddai'r Prif Olygydd yn gwneud hynny. Efallai fod ei cholur yn flêr, neu bod ei dillad wedi crychu – ond, hyd yma, doedd hi ddim wedi cael stŵr am fynd yn erbyn cod gwisgo answyddogol *Calon*.

Amneidiodd Seren ar Elin i roi'r coffi ar ei desg cyn troi i syllu ar y ddau fag llaw oedd o'i blaen. Un du, siâp clasurol, gyda bwcwl aur oedd un, a'r llall yn fag sgwâr mewn lledr coch tywyll trawiadol. Roedd rhagor o fagiau ar y bwrdd gwydr ar bwys y soffa wen hir – yn amlwg, roedd *Calon* yn bwriadu cynnwys erthygl ar fagiau cyn bo hir. Byddai Elin wedi hoffi dweud ei bod hi wedi gwirioni ar yr un coch, ond wyddai hi ddim a fyddai gan Seren ddiddordeb yn ei barn. Felly trodd i adael.

"Diolch, Elin. Mae'n braf dy gael di'n ôl."

Trodd Elin a dweud "diolch!" Ond erbyn hynny, roedd Seren yn syllu ar y bagiau unwaith eto, fel petai hi heb dorri gair. Er hynny, roedd yn braf gwybod bod Seren yn falch o'i gweld hi! Yr unig beth oedd yn rhaid iddi'i wneud rŵan oedd dod o hyd i Harri

Daniels a chynnal cyfweliad gwych. Wedyn byddai'n sicr o fod yn fwy poblogaidd fyth.

Potiau Swyn

Gyda'i gliniadur o'i blaen, cymerodd Elin gip sydyn ar y ffeil o erthyglau a baratowyd ar gyfer rhifyn nesaf y cylchgrawn. Fel y disgwyliai, erthygl ar fagiau o bob lliw a llun fyddai'r brif erthygl. Roedd yno erthygl am un o sêr byd ffilmiau hefyd. Edrychodd Elin arni'n frysiog gan geisio dyfalu pwy oedd wedi ei sgwennu. Nid cyfweliad oedd yr erthygl, a doedd y seren Americanaidd heb fod draw yma ers amser hir. Nid canlyniad sgwrs ffôn oedd hi chwaith, er mai dyna sut y byddai newyddiadurwyr *Calon* yn siarad efo selébs o bryd i'w gilydd. Credai Elin fod yr erthygl wedi'i sgwennu drwy ddefnyddio cyfuniad o wefannau a blogiau. Gobeithiai na fyddai'n rhaid iddi hi wneud hynny gyda Harri Daniels – os felly, byddai'r erthygl yn un fer nad oedd yn haeddu cael ei chyhoeddi. Wedi dweud hynny, os oedd Elin yn cael trafferth darganfod unrhyw wybodaeth amdano, roedd hi'n bosib fod newyddiadurwyr eraill yn yr un sefyllfa. *Hmm*, meddyliodd. *Ella bod neb wedi sgwennu rhyw lawer amdano fo oherwydd bod gohebwyr eraill ddim am drafferthu chwilio am y ffeithiau . . . ond mae gen i ddigon o amser.*

Curodd ei chalon yn gyflymach. Tybed a allai *hi* gael gafael ar Harri Daniels? Yn sgil llwyddiant y ffilmiau, efallai y byddai nifer o gylchgronau eraill yn penderfynu'n sydyn y byddai'n syniad da mynd ar ei ôl. Dyna sgŵp fyddai sgwennu'r erthygl gyntaf amdano – byddai Elin wrth ei bodd! Roedd digon o sôn amdano yn y papurau yn sgil rhyddhau ffilm gyntaf y drioleg. Awgrymai rhai ei fod o'n bresennol yn nangosiad cyntaf y ffilm, ond doedd dim llun i brofi hynny. Penderfynodd Elin edrych ar ei wefan eto, er mwyn gwneud yn sicr nad oedd hi wedi methu rhywbeth pwysig. Yna byddai'n cysylltu efo'i gyhoeddwr, fel yr awgrymodd Swyn. Gallai anfon e-bost at ei asiant hefyd, os gallai hi ddarganfod pwy oedd o neu hi. Meddyliodd Elin am gyngor ei thad: *Galli di wneud hyn!* Doedd Elin, mwy na'i thad, ddim yn un i roi'r ffidil yn y to'n hawdd.

Er i Elin fynd drwy'r wefan eto gyda chrib fân, allai hi ddim dod o hyd i unrhyw ffordd o gysylltu'n uniongyrchol efo Harri Daniels. Roedd gan nifer o awduron adran 'cysylltwch â mi' ar eu gwefannau. Weithiau byddai Elin yn defnyddio'r rhain er mwyn dweud wrth awdur cymaint roedd hi wedi mwynhau darllen rhyw lyfr. Er syndod iddi, roedd rhai awduron yn anfon gair yn ôl, ond synhwyrai

Elin nad oedd Harri Daniels y math o awdur fyddai'n meddwl ei bod hi'n bwysig cadw mewn cysylltiad â'i ddarllenwyr.

Aeth Elin ar wefan y cyhoeddwr, ac at y dudalen a neilltuwyd ar gyfer trioleg y *Garwddant*. Roedd cystadleuaeth yno, a'r wobr oedd cadwyn arian hyfryd, oedd yn debyg i'r un a wisgid gan gymeriad yn y llyfr. Roedd Elin yn falch ei bod wedi edrych ar y wefan. *Mi ro i gynnig ar y gystadleuaeth*, meddyliodd. *Gallwn i ennill, hyd yn oed! Ond gwell i mi aros nes cyrhaedda i adref. Mae rhai o'r cwestiynau'n anodd iawn a bydd raid i mi chwilio am yr atebion yn y llyfr cyntaf . . . gan obeithio na fydd raid i mi ddarllen y llyfr cyfan eto.*

Er, fyddai hynny ddim yn rhy anodd chwaith. Yn sydyn, teimlai Elin fel petai hi'n colli golwg ar y dasg go iawn, sef cyfweld yr awdur ei hun. Roedd y wefan wedi'i chynllunio i bwrpas gwerthu llyfrau'n unig, heb roi unrhyw fanylion am yr awdur ei hun.

Unwaith eto, doedd yr un ffordd o gysylltu'n uniongyrchol efo fo, er bod rhif ffôn a chyfeiriad e-bost y cyhoeddwr yno. Ystyriodd Elin a ddylai hi ffonio, ond teimlai braidd yn swil. Yn y diwedd, anfonodd neges fer at y cyhoeddwr yn egluro pwy oedd hi, i ba gylchgrawn roedd hi'n gweithio, a pha mor awyddus oedd hi i gyfweld Harri Daniels. Doedd hi ddim yn ffyddiog y câi hi ateb, chwaith. Pwysleisiodd y ffaith ei bod hi'n ifanc iawn, a'i bryd ar fod yn newyddiadurwraig, a'i bod hi wrth ei bodd efo llyfrau Harri Daniels – rhag ofn y byddai hynny o'i phlaid. Yna, wedi iddi chwilio'n ddiwyd drwy nifer o erthyglau papur newydd ar-lein oedd yn cyfeirio ato, llwyddodd i ddod o hyd i enw ei asiantaeth lenyddol. Anfonodd e-bost atyn nhw hefyd, a gobeithio am y gorau.

Ochneidiodd Elin a phwyso'n ôl yn ei chadair. Doedd hi ddim wedi sylweddoli pa mor galed roedd hi wedi bod yn canolbwyntio. Teimlai fel petai hi'n syllu ar y cyfrifiadur ers dyddiau.

"Dwyt ti heb gael cinio eto, naddo, Elin?" meddai Eleanor. "Pam nad ei di rŵan? Mi fyddai'n dda i ti gael hoe o'r sgrin 'na am sbel."

"Iawn, diolch," meddai Elin. "Mi a' i."

Roedd Eleanor yn iawn – roedd hi'n hen bryd i Elin gael hoe. Cydiodd yn ei bag a mynd i weld Swyn, fel yr addawodd.

"Do'n i ddim yn meddwl dy fod ti'n dod!" dywedodd Swyn yr eiliad y cyrhaeddodd Elin. "Mae Glyn wedi bod ac wedi mynd, ond mae o am drio dod yn ôl i gael paned yn nes mlaen. Mae problem gyfrifiadurol yn yr Adran Gelf, ond ddylai hynny ddim cymryd gormod o'i amser."

Estynnodd Elin stôl ac eistedd wrth yr hen fwrdd pren roedd Swyn yn ei ddefnyddio i ddidoli'r post. Gwthiodd Swyn bentwr o amlenni o'r neilltu am ychydig.

"Dwi am glywed dy hanes di i gyd,"

galwodd Elin ar Swyn wedi iddi fynd drwodd i'r ystafell gefn i ferwi'r tecell. "Be 'di hanes y crochenwaith y soniaist ti amdano fo?"

"Wel," meddai Swyn gan ddod yn ei hôl gan wenu. "Fel dywedais i, does dim byd yn bendant eto, ond mi ges i alwad ffôn y dydd o'r blaen gan ddyn oedd â ddiddordeb yn fy ngwaith i. Roedd o wedi'i weld o mewn oriel gelf leol, ac mi gymerodd un o nghardiau busnes i. Roedd ganddo ddiddordeb mawr yn y lliwiau llachar dwi'n eu defnyddio – gan mod i'n eu cymysgu nhw fy hun."

"Gwych!" meddai Elin, gan deimlo'n hapus iawn dros ei ffrind. "Dyma'r cam cyntaf!"

Cnodd Swyn ei gwefus. "*Mae* o'n wych," meddai. "Os bydd o'n prynu un o'r potiau." Yna oedodd ac edrych ar Elin, ei llygaid yn disgleirio a thinc cyffrous yn ei llais. "Yn enwedig gan 'i fod o'n adnabyddus. Marc Caradog ydi'i enw fo. Wrth chwilio ar y we, mi wnes i ddarganfod ei fod o'n enwog iawn yn y byd celf ac yn frwd am gasglu crochenwaith."

"O ddifri?"

"Ydi. Ac mae o'n llogi nifer o weithdai i grefftwyr ger ei amgueddfa, efo bwyty'n rhan o'r lle. Mae o'n hael iawn wrth noddi'r celfyddydau, Elin . . . ond . . ."

"Be?" Doedd Elin ddim yn deall. "Pam nad wyt ti wrth dy fodd?"

"Achos mod i'n difaru dweud wrth Glyn. Mae o wedi mynd dros ben llestri'n llwyr am y peth. Mae o'n credu y bydda i'n enwog dros nos, ac yn grochenydd adnabyddus y bydd pob galeri eisio casglu fy ngwaith. Ond nid fel 'na mae pethau'n gweithio! Dim ond newydd ddechrau ydw i. Dwi wrth fy modd fod Marc Caradog wedi dangos diddordeb yndda i, ond os oes ganddo fo ddiddordeb gwirioneddol, mi fydd o eisio gweld sut y bydda i'n datblygu dros y blynyddoedd nesaf. Dydi o ddim yn mynd i ruthro i ffwrdd a chyhoeddi wrth y byd a'r betws ei fod o wedi darganfod athrylith."

Roedd Elin yn deall yn iawn. "Mi ddaw Glyn at ei goed," meddai gan ei chofleidio. "Mae o eisio dangos ei fod o'n falch ohonat ti, dyna'r cwbl."

"Wn i," dywedodd Swyn gan wenu'n gam. "Ond biti na fyddai o'n ffrwyno tipyn bach ar ei frwdfrydedd." Canodd ei ffôn ac edrychodd ar y sgrin. "Mae o ar ei ffordd draw. Paid â gwneud dim byd i'w annog o, cofia!"

Cyn i Elin gael cyfle i ateb, ymddangosodd Glyn yn y drws yn wên o glust i glust. "Sut wyt ti, Elin? Wyt ti wedi clywed newyddion Swyn?"

Gwenodd Elin yn ôl arno. "Do, cofia. A dwi'n dda iawn diolch, ac yn falch o fod yn ôl yn *Calon*."

"Grêt. Rwyt ti'n falch iawn, dwi'n siŵr, fel finnau?"

"Ydw, siŵr iawn. Mae o'n newyddion gwych!" meddai Elin gan geisio peidio â digio Swyn na Glyn trwy ymateb yn rhy frwdfrydig nac yn rhy ddidaro. "Ond gwranda ar hyn!" ychwanegodd, gan geisio troi'r stori. "Dwi'n trio trefnu cyfweliad efo Harri Daniels." Ond doedd dim modd hoelio sylw Glyn. Roedd o eisoes yn agor ei liniadur, a doedd o ddim fel petai o wedi clywed gair ddywedodd Elin.

"Dwi wedi clustnodi gwefan Marc Caradog," meddai. "Chredi di byth pa mor ddylanwadol ydi o! Mae o'n *entrepreneur* ac yn noddi'r celfyddydau. Yn ôl pob sôn, mae'n cael ei weld ym mhobman yng nghwmni enwogion. Mae hyn yn newyddion gwych! Dychmyga. Gallai gwaith Swyn fod yn rhan o'i gasgliad o grochenwaith Ewropeaidd. Be wyt ti'n feddwl o hynny?"

Cyn i Elin gael cyfle i feddwl am ateb call, cliciodd Glyn ar dudalen arall ar ei wefan.

"Mi fedri di ddarllen amdano yn fan hyn."

Roedd gan Elin gryn ddiddordeb mewn darllen mwy am y dyn a fyddai, o bosib, yn prynu peth o waith Swyn. Os oedd ganddo ffrindiau enwog, efallai fod ganddo gysylltiad â'r math o bethau roedd gan ddarllenwyr *Calon* ddiddordeb ynddyn nhw, a gallai hithau awgrymu y dylai'r cylchgrawn ei gyfweld. Ond ar ôl darllen pwt amdano, penderfynodd Elin nad oedd o'n addas ar gyfer darllenwyr *Calon*. Yn ogystal â noddi'r celfyddydau a chrefftwyr, dywedai ei wefan ei fod yn ymddiddori mewn llongau, yn enwedig cychod pleser mawr, ac mai ei uchelgais oedd hwylio o gwmpas y byd.

"Mae o mor ddylanwadol yn y byd celf," meddai Glyn, yr eiliad yr edrychodd Elin i ffwrdd o'r sgrin.

"Ydi mae o," meddai Elin. "Ond mae'n beth da nad ydi Swyn yn cynhyrfu'n ormodol, rhag ofn na fydd o'n prynu'i gwaith hi wedi'r cwbl."

"Rwyt ti cyn waethed â hi!" dywedodd Glyn mewn llais siomedig. "Mae bod yn wylaidd yn beth da, ond mi ddylai Swyn fod yn fwy hyderus. Mi ddylai wneud yn siŵr ei bod hi'n cael ei gweld, er mwyn sicrhau na fydd o'n anghofio amdani. Wedi'r cwbl, mae'r byd celfyddydol yn un cystadleuol ar y naw."

"Dwi'n siŵr ei fod o," meddai Elin, gan ddadbacio'r pecyn bwyd a dechrau bwyta brechdan cyw iâr.

"Mae angen iddi fynd i ddigwyddiadau lle mae 'na bobl bwysig yn dod at ei gilydd."

"Pwy sy'n mynd i ngwadd *i* i bethau felly?" gofynnodd Swyn, oedd yn amlwg wedi cael llond bol ar yr holl beth.

"Does dim rhaid i ti gael dy wahodd i *bopeth*," atebodd Glyn. "Mae'n bosib prynu tocynnau i ddigwyddiadau arbennig – nid rhai celfyddydol yn unig, ond llefydd lle bydd gan bobl ddiddordeb yn dy waith. Mi allet ti fynd â dy gardiau busnes i'w dosbarthu."

"Dim ffiars o beryg!" meddai Swyn. "Y peth nesa, mi fyddi di eisio i mi lynu taflenni ar ffenestri ceir. Mae'r peth yn hurt!"

"Mae hynny'n well nag eistedd adra'n disgwyl i bobol ddod atat ti," dywedodd Glyn. Ochneidiodd yn ddramatig ac edrych ar Elin. "Weli di'r drafferth dwi'n ei chael efo hi?" gofynnodd.

"Weli di'r drafferth dwi'n ei chael efo *fo*?" meddai Swyn yn ddig. "I ddechrau, mae rhywun *wedi* dod ata i. Marc Caradog! Dydi hynny ddim yn ddigon da i ti?" Yna meddalodd ac aeth draw at Glyn a'i gofleidio.

"Ddrwg gen i," meddai Glyn gan ei chusanu. "Ti'n iawn. Dim ond eisio i bawb glywed amdanat ti ydw i. A dwi ddim am i ti fentro colli gafael ar yr enwog Mr Caradog."

"Mi fydda i'n croesi mysedd," meddai Elin, gan geisio ysgafnhau tipyn ar yr awyrgylch. "Dwi'n *siŵr* y bydd o'n prynu dy waith di. Wedi'r cyfan, mae o wedi'i weld o, a'i hoffi . . . felly does dim rheswm iddo fo beidio."

Dim lwc

Aeth Elin yn ôl i'r swyddfa a darllen yr e-byst oedd yn aros amdani. Doedd asiant Harri Daniels ddim wedi anfon gair, ond roedd y cyhoeddwr wedi anfon neges fer yn awgrymu efallai yr hoffai edrych ar wefan yr awdur, yn ogystal â'r dudalen oedd yn hysbysebu ei lyfrau ar eu gwefan nhw.

Twt lol, meddyliodd Elin, *dwi eisoes wedi gwneud hynny*! Penderfynodd gael cip arall ar flog yr awdur, ond cyn gwneud agorodd e-bost arall. Doedd hi ddim yn gyfarwydd â'r cwmni oedd wedi ei anfon, ond gobeithiai y byddai'n ddiogel iddi agor y neges. *Rhyw fath o asiantaeth ydi'r cwmni*, meddyliodd wrth weld y teitl **SFB, Asiantaeth y Sêr** a logo'n dangos seren wib â chynffon o wreichion disglair.

Annwyl Elin, meddai'r neges. *Gofynnodd Fflur Lewis i mi anfon yr wybodaeth yma atat ti.*

Dechreuodd calon Elin guro'n galed. Roedd hi wedi anobeithio clywed gan Fflur. Yn ystod cyfweliad Elin efo'r efeilliaid Fflur a Ffion Lewis, y modelau a'r cantorion enwog, dywedodd Fflur wrthi ei bod ar fin lansio gyrfa newydd. Doedd hi ddim yn fodlon dweud rhagor ar y pryd, rhag ofn i bethau fynd o chwith, ond roedd hi wedi addo y câi Elin y sgŵp pan fyddai'n barod i ddadlennu'r cyfan. Doedd Elin ddim wedi clywed gair ganddi ers hynny, felly roedd hyn yn hynod gyffrous.

Roedd Fflur am i ti wybod mai ei menter newydd ydi cynllunio casgliad o ddillad hamdden ar gyfer cadwyn o siopau'r stryd fawr. Manylion isod. Bydd datganiad i'r wasg ar gael cyn hir, ond mae croeso i dy gylchgrawn di gyhoeddi'r sgŵp yn eich rhifyn nesaf os wyt ti'n dymuno. Mae hi'n cofio atat, ac yn ymddiheuro am fethu cysylltu'n bersonol – mae hi'n modelu ym Morocco ar hyn o bryd.

Darllenodd Elin yr e-bost sawl gwaith, a lledodd gwên fawr dros ei hwyneb. Roedd hyn yn *wych*! Byddai Eleanor, yn ogystal â Seren, yn bles iawn. Roedd pob papur newydd a chylchgrawn yn hoffi cael sgŵp.

Edrychodd Elin ar yr enw mewn sgript flodeuog ar waelod yr e-bost – *Sidan Ffrancon-Bowen*. Mae'n rhaid mai hi oedd yr "SFB" ym mhennawd y neges. Sgroliodd Elin i lawr gan ddarllen y manylion yn gyflym, ei dwylo'n crynu. Y teitl oedd **Datganiad i'r Wasg**. Ynddo roedd enw'r gadwyn o siopau, enw'r cynllunydd Eidalaidd oedd yn cydweithio efo Fflur, a pheth gwybodaeth am y ddau. Dyddiad yn y dyfodol oedd ar y datganiad, felly roedd gan *Calon* ddigon o amser i gyhoeddi'r wybodaeth cyn i neb arall gael cyfle. Caeodd Elin yr e-bost yn ofalus a chodi ar ei thraed. Roedd hi eisiau anfon ateb yn diolch i Fflur a Sidan, ond credai y dylai holi Eleanor yn gyntaf. Roedd arni angen cyngor ar sut i ddelio â sgŵp fel hyn.

"Eleanor?" meddai Elin gan sefyll o flaen desg yr Is-olygydd.

"Wyt ti wedi darganfod rhywbeth am Harri Daniels?"

"Naddo, sori. Ddim eto." Brathodd Elin ei gwefus i rwystro'i hun rhag gwenu'n wirion. "Ond dwi newydd gael e-bost y dyliech chi ei weld."

"O Elin, fedrith o ddim aros? Dwi'n trio gorffen yr erthygl 'ma."

Oedodd Elin. "Wel, mi fedrith, mae'n siŵr."

Edrychodd Eleanor i fyny o'i sgrin ac

ochneidio. "Waeth i mi edrych arno fo rŵan ddim, gan dy fod ti wedi tarfu arna i, neu fel arall mi fydda i'n trio dyfalu be 'di'r broblem." Cerddodd draw at ddesg Elin ac eistedd. "Wel?" holodd.

"Ro'n i'n meddwl y dylech chi weld hwn," dywedodd Elin gan ailagor yr e-bost.

Darllenodd Eleanor y neges a'r datganiad i'r wasg yn frysiog. "Wel! Mae'n amlwg dy fod ti'n datblygu i fod yn dipyn o gaffaeliad i ni!" meddai gan wenu'n falch. "Rhaid dy fod ti wedi gwneud cryn argraff ar Fflur a Ffion Lewis yn y cyfweliad. Wyt ti wedi ateb eto?"

Ysgydwodd Elin ei phen. "Na. Do'n i ddim eisio mentro, rhag ofn i mi wneud llanast o bethau."

"Wel, da iawn ti." Edrychai Eleanor yn hynod bles. "Anfona ateb ar unwaith yn diolch i Sidan am yr wybodaeth. Gora po gyntaf y gwnei di hynny." Edrychodd eto ar y sgrin. "Mae'r dyddiad yna'n berffaith i ni. Os byddan nhw'n cadw ato fo, mi fedrwn ni gynnwys erthygl yn rhifyn nesaf *Calon*, cyn i neb arall gael eu bachau ar y stori. Ac ar ôl i ti ateb, pam na sgwenni di bwt am sut a pham y cefaist ti'r wybodaeth, a'i ddangos o i mi. Byddai'n grêt cael gwybod sut gest ti sgŵp mor hyfryd. Mi wnawn ni ei ddangos i Seren hefyd. Be wyt ti eisio, Gloria?" holodd wrth i Gloria ymuno â nhw.

Pwysai Gloria yn erbyn y ffenest gan lygadu Elin yn amheus. *Tybed faint o'r sgwrs glywodd hi?* meddyliodd Elin. Doedd Gloria'n sicr ddim am ddadlennu hynny.

"Meddwl ro'n i tybed oedd Elin wedi anghofio am Caswallon?" gofynnodd gan edrych i lawr ei thrwyn. "Mae hi'n mynd yn hwyr."

Credai Elin mai esgus oedd hyn i ddod draw i geisio darganfod pam fod Eleanor ac Elin yn edrych mor bles. Fyddai Gloria byth yn atgoffa Elin o ddim fel arfer – byddai'n well ganddi ei gwylio'n cael stŵr. Ond roedd hi'n iawn – roedd yn hen bryd iddi fynd â

Caswallon allan am dro.

Griddfanodd Elin yn fewnol, ond gwenodd ar Gloria. "Ro'n i ar fin mynd â fo rŵan!" meddai.

Ci bach Seren oedd Caswallon, a phan oedd Elin yn y swyddfa ei gwaith hi oedd mynd â fo am dro ddwywaith neu dair y dydd. Am ryw reswm, roedd Seren ei hun wedi mynd â fo allan yn y bore, ond bellach roedd hi'n ganol y pnawn, ac os na fyddai Elin yn brysio byddai Seren yn holi lle roedd hi ac yn meddwl am bob math o dasgau iddi eu gwneud. Roedd Gloria wedi gwneud ffafr â hi mewn gwirionedd, achos roedd Elin *wedi* anghofio'r cyfan am y ci bach yn sgil cyffro'r sgŵp.

"Ateba'r e-bost 'na'n gyntaf," meddai Eleanor. "Fyddi di ddim eiliad."

"Dim problem," atebodd Elin.

Cododd Eleanor ac edrych ar Gloria. "Oeddet ti eisio dweud rhywbeth arall?" holodd.

Chymerodd Elin ddim sylw o ateb Gloria.

Brysiodd i anfon e-bost o ddiolch i Sidan, a gofyn iddi ddiolch yn gynnes i Fflur ar ei rhan. Yna gwasgodd y botwm anfon.

Aeth Elin i guro ar ddrws swyddfa Seren, y Golygydd, gan drio peidio edrych fel petai hi ar frys. Cododd Seren ei haeliau wrth i Elin estyn am dennyn Caswallon a'i gysylltu i'w goler.

"Ti fydd yn gyfrifol am lanhau unrhyw ddamweiniau gaiff Caswallon am dy fod wedi ei gadael yn rhy hwyr i fynd â fo allan," dywedodd.

Ceisiodd Elin beidio â crychu'i thrwyn mewn ffieidd-dod. "Iawn, Seren," meddai gan ystyried tybed a oedd Gloria erioed wedi gorfod gwneud y fath beth. "Ty'd yn dy flaen, Caswallon," meddai. Neidiodd y ci bach allan o'i fasged a rhuthro am y drws gan dynnu Elin ar ei ôl.

Gan nad oedd Caswallon yn rhy hoff o'r lifft, cariodd Elin ef yn ei breichiau nes eu bod ar y llawr gwaelod. "I ble'r awn ni 'ta?"

gofynnodd. "Be am y parc?"

Y parc oedd yr unig le i fynd â chi, os nad oedd o'n mynd i gael ei drin yn Pawennau Pert. Doedd y parc ddim yn bell, a chyn bo hir roedden nhw wedi cyrraedd yr ardal arbennig lle gellid gollwng cŵn yn rhydd. Roedd hi'n ddiwrnod braf, felly eisteddodd Elin ar fainc gan feddwl am y selébs oedd ar ei rhestr, tra oedd Caswallon yn snwffian o gwmpas ac yn cyfarch y cŵn eraill yn y parc. Cofiodd Elin am y pŵdl mawr roedd Caswallon yn hoffi chwarae efo fo, yn ogystal â'r ddau ddaeargi bach cyfeillgar ond blêr yr hoffai chwarae mig â nhw. Doedd dim golwg o'r pŵdl heddiw, ond cyrhaeddodd y daeargwn ar yr un pryd ag Elin a Caswallon. Eisteddodd eu perchennog canol oed ar y fainc yn ymyl Elin.

"Caswallon ydi hwnna?" gofynnodd.

"Ia," atebodd Elin. "Dwi'n mynd â fo am dro ar ran fy mòs yn y swyddfa."

"Ro'n i'n amau mai fo oedd o," meddai'r

ddynes. "Mae'r ddau gi sy gen i wrth eu bodd yn chwarae efo fo. Mae o'n debycach iddyn nhw o ran maint na'r rhan fwya o'r cŵn sy'n dod yma. Ac mae o mor annwyl."

"Ydi, mae o," meddai Elin gan wenu.

"Dwi'n siŵr mod i'n cofio dy weld di sbel yn ôl," meddai'r ddynes. "Ond merch efo gwallt golau hir sy'n dod â fo fel arfer."

"Gloria ydi honno." Eglurodd Elin mai merch ysgol oedd hi, ac yn cerdded y ci i olygydd *Calon* yn ystod y gwyliau.

"Wel, mae hynny'n egluro pethau," meddai'r ddynes. "Caswallon ydi'r unig gi fyddi di'n ei gerdded?"

"Ia," meddai Elin. "Gan amlaf, mynd i nôl archebion coffi fydda i'n y gwaith, er mod i wedi gwneud ambell gyfweliad hefyd."

"Rhaid bod hynny'n gyffrous," dywedodd y ddynes. "Nefi!" ychwanegodd, "mae hi'n gynnes heddiw," a dechreuodd chwifio'i llaw o flaen ei hwyneb.

"Ydi," cytunodd Elin. "Ond does dim ots

gan y cŵn chwaith."

Gwenodd y ddynes. "Na, ti'n iawn," meddai wrth wylio Caswallon a'i dau gi hi'n cael hwyl fawr yn rhedeg ar ôl ei gilydd.

Bu'r ddwy'n eistedd yn dawel ar y fainc yn mwynhau'r haul am sbel cyn i'r ddynes ddweud, "Wel, mae'n ddrwg gen i darfu ar hwyl Caswallon, ond rhaid i mi fynd." Cododd ar ei thraed a gweiddi, "Ty'd yma, Bwystfil. A tithau, Cawr. Amser mynd adre!"

Roedd Elin bron â chwerthin pan glywodd eu henwau. Cŵn bach addfwyn oedden nhw, a doedd yr enwau ddim yn gweddu o gwbl – ond efallai mai dyna'r pwynt. Roedd rhai pobl yn hoffi rhoi enwau twp ar eu hanifeiliaid anwes. Roedd y ddynes yn amlwg ar frys i fynd, ond neidiai Caswallon o gwmpas gan annog ei chŵn hi i gamymddwyn. Ceisiodd Elin helpu drwy gydio yn Caswallon a rhoi'r tennyn ar ei goler, gan ddal un o gŵn y ddynes yr un pryd. Yna cydiodd yng nghi bach y ddynes tra arhosai'r llall yn dawel am ei dennyn, gan sylweddoli bod y gêm ar ben. Yna sylwodd Elin ar y tag bach arian ar goler y ci. Roedd yn hynod anarferol, ar siâp llyfr wedi'i agor.

"Am dag hyfryd!" meddai Elin gan gydio ynddo ac edrych ar yr enw – Cawr. "Dwyt ti ddim yn gawr o gi, nag wyt?" meddai gan chwerthin ac anwesu'r ci bach. Trodd Elin y tag drosodd a darllen y geiriau, *Os ydw i ar goll, plis ewch â fi'n ôl i . . .*

"Diolch yn fawr iawn!" Er mawr syndod i Elin, cipiodd y ddynes y ci o'i breichiau a chysylltu'i dennyn yn frysiog. "Ddrwg gen i," ymddiheurodd, "ond dwi newydd gofio rhywbeth. Dwi'n ofnadwy o hwyr. Rhaid i mi fynd. Ddrwg iawn gen i!"

Cerddodd y ddynes i ffwrdd heb ddweud gair arall. Edrychodd Elin arni'n rhuthro allan o'r parc. Edrychodd hi ddim yn ôl unwaith.

"Wel, Cas," dywedodd Elin mewn llais siomedig. "Gobeithio na fydd hi'n hwyr ym mhle bynnag roedd hi angen bod. Un drwg wyt ti, yn arwain y cŵn 'na ar antur. Ty'd rŵan. Rhaid i ninnau fynd yn ôl hefyd."

Roedd hi'n eitha hwyr erbyn i Elin a Caswallon gyrraedd yn ôl i'r swyddfa. Doedd dim digon o amser iddi ysgrifennu hanes ei sgŵp, felly awgrymodd Eleanor ei bod yn gadael hynny tan y bore wedyn. "Gan dy fod ti wedi diolch i Sidan yn barod, gad bopeth tan fory," meddai. "A beth bynnag, mae Seren wedi mynd allan, felly fedri di ddim dweud yr hanes wrthi. Pam nad ei di â'r post i lawr at Swyn i'w ffrancio? Erbyn hynny mi fydd hi'n amser mynd adref. Bydd hi'n haws i ti sgwennu'r darn yn y bore pan fyddi di'n ffres."

"Syniad da," meddai Elin ar unwaith.

"Gair o gyngor," ychwanegodd Eleanor wrth i Elin estyn am ei bag. "Paid â sôn wrth neb am e-bost Sidan – dim hyd yn oed dy ffrind gorau. Po fwyaf o bobl sy'n gwybod, po fwyaf o siawns sydd i'r newyddion fynd ar led. Mae'n anhygoel sut mae'r pethau 'ma'n digwydd. Unwaith y bydd y cylchgrawn wedi'i gyhoeddi mi fydd popeth yn iawn, ond tan hynny rhaid i'r newyddion aros o fewn y swyddfa."

"Iawn," meddai Elin. Byddai wedi hoffi gallu dweud wrth Hannah a Swyn, ond roedd hi'n deall yn iawn. Doedd cyfrinachau gâi eu lledaenu fel tân gwyllt ddim yn aros yn gyfrinachau'n hir, ac roedden nhw'n aml yn frith o gamgymeriadau. Roedd Elin yn benderfynol y byddai ei chyfrinach hi'n aros yn gyfrinach nes bod yr amser yn iawn i adael y gath o'r cwd. Casglodd holl bost yr Adran Olygyddol at ei gilydd a mynd i chwilio am Swyn.

"Ydi Glyn wedi stopio siarad am Marc Caradog bellach?" gofynnodd wrth roi'r pentwr i'w ffrind.

"Dwi ddim wedi'i weld o ers amser cinio," atebodd Swyn. "Mae o wedi mynd yn dawel iawn. Beryg fod ganddo fo gynlluniau – fel bod yn rheolwr marchnata i mi yr eiliad y medra i fforddio gadael fy ngwaith a chanolbwyntio ar fod yn grochenydd enwog."

"O, paid â bod yn flin efo fo." Roedd yn gas gan Elin weld ei ffrindiau'n ffraeo.

"Byddai'n well gen i petai o'n gadael i mi wneud pethau yn fy ffordd fy hun," ochneidiodd Swyn. Yna gwenodd. "Beth bynnag, sut aeth dy ddiwrnod cyntaf di?"

"Roedd o'n ddiwrnod da," meddai Elin, gan resynu na allai rannu ei newyddion cyffrous. "Ond dwi ddim mymryn nes i'r lan efo Harri Daniels, er gwaetha dy gyngor di. Dwi'n dechrau amau mai meudwy ydi o. Does neb fel petaen nhw wedi'i gyfarfod, nac yn gwybod affliw o ddim amdano. Dwi ddim am roi'r ffidil yn y to eto, chwaith. Gas gen i adael i rywbeth fy nhrechu i."

"Wel, does gen ti ddim byd i'w golli," meddai Swyn.

Chwarddodd Elin. "Wn i. A rhaid bod

Eleanor yn credu bod gen i rywfaint o siawns, neu fyddai hi ddim wedi awgrymu'r peth." Trodd Elin i adael. "Wela i di fory," meddai.

Tra oedd hi'n aros am y bws, cafodd decst gan Hannah. *Ga i alw heibio heno? Dwi'n gweld tuniau ffa pob yn nofio o flaen fy llygaid!*

Chwarddodd Elin. Roedd yn amlwg bod gwaith Hannah yn siop ei modryb yn dechrau mynd ar ei nerfau'n barod!

Wrth gwrs!

Roedd ffôn Elin yn un llaw, a'i bag yn y llall, wrth iddi ddringo ar y bws a siarsio'i hun i beidio â sôn gair am Fflur a Ffion Lewis.

Grêt! Dwi wirioneddol angen sbort. Wela i di am 7?

Anfonodd Elin un gair yn ôl. *Iawn.*

Roedd ganddi dasg berffaith ar gyfer yr Hannah flinedig yn barod – meddwl am selébs eraill i'w hychwanegu at ei rhestr.

Y noson honno yn ystafell Elin, cafodd y ddwy ferch hwyl yn trafod y bobl ddylai gael sylw mewn rhifyn o *Calon*.

"Roedd 'na enwau dieithr iawn ar y rhestr fewnol," meddai Elin. "Mae 'na ganwr ar y we, ond fedrwn i ddim gwrando ar ei ganeuon yn y swyddfa. Gad i ni weld sut mae o'n swnio. Rhaid bod *Calon* yn credu ei fod o ar fin bod yn seren."

Ar ôl gwrando ar y canwr, a'i hoffi, ceisiodd y ddwy feddwl am enwau adnabyddus eraill y byddai pobl yn hoffi darllen amdanyn nhw.

"Nic Houseman, y chwaraewr rygbi," meddai Hannah. "Mae o'n andros o bishyn!"

"Ydi," meddai Elin. "A sôn am bishyn, mi driais i ychwanegu Al o'r Sŵn ar y rhestr, ond doedd Eleanor ddim yn fodlon."

Chwarddodd Hannah. "Ti 'di sgwennu am ei fand o'n barod, ac maen nhw wedi cael tynnu eu lluniau ar gyfer *Calon*. A beth bynnag, alli di ddim cyfweld *un* aelod o fand!"

"Wn i ddim pam lai," meddai Elin yn feddylgar, gan feddwl pa mor hyfryd fyddai cael Al i gyd iddi hi'i hun. "Ond mi ddywedodd Eleanor yr un peth, fwy neu lai."

"Mae hi'n iawn," meddai Hannah yn bendant. "Fedri dim ddim cyfweld pobol dim ond am dy fod ti'n eu ffansïo nhw. Dydi o ddim yn broffesiynol."

Yn anfodlon, ceisiodd Elin feddwl am enw arall. "Curig Dwyfor?" awgrymodd.

"Hei, *dyna* syniad da," meddai Hannah Elin. "Roedd o'n gwbl wych yn *Cwsg y Fampir*." Caeodd ei llygaid a gwenu. "Mae o'n edrych mor rhywiol . . . am ffantastig!"

"Pwy sy'n bod yn amhroffesiynol rŵan?"

Agorodd Hannah ei llygaid a gwenu ar Elin. "Does dim rhaid i mi fod yn broffesiynol," dywedodd. "Nid fy rhestr i ydi hi, a fydda i ddim yn cyfweld neb."

"Wn i ddim faint o gyfweliadau y bydda i'n llwyddo i'w gwneud yn ystod y gwyliau," meddai Elin yn feddylgar. "Erbyn i mi gael *rhai* o'r bobl 'ma i gytuno i gael eu cyfweld, mi fydd y tymor ar fin cychwyn. Ond os bydd Curig Dwyfor yn cytuno, mi wna i'n siŵr mod i ar gael ar gyfer y cyfweliad, hyd yn oed os bydd raid iddyn nhw aros tan wyliau'r Nadolig!"

"Be am un o ferched y tywydd sy ar y teledu?" cynigiodd Hannah. "Nanw Abots, er enghraifft. Roedd hi ar y sioe realaeth 'na, *Camsyniad*. Cofio? Does dim rhaid i bob un ohonyn nhw fod yn fechgyn del."

"Nac oes," chwarddodd Elin. "Ti'n iawn. Byddai'n dda cael cwpwl o ferched eraill ar y rhestr. Fedri di feddwl am rywun arall?"

"Mellten," meddai Hannah yn syth bìn. "Mae hi mor cŵl. Dwi 'di gwirioni ar ei halbwm diweddara hi."

Cyn bo hir roedd gan y ddwy restr hir o bosibiliadau, a theimlai Elin y byddai Eleanor yn fodlon iawn efo'r enwau ychwanegol. "Mi fydda i mewn dyled i ti os caiff un o dy enwau di eu dewis," meddai. "Ond, am y tro, dwi am ganolbwyntio ar Harri Daniels – a dydi honno ddim yn dasg hawdd." Eglurodd y broblem wrth Hannah.

"Wel, ella nad oes ganddo fo unrhyw luniau cyhoeddusrwydd," meddai Hannah. "Doedd 'na ddim llun ohono ar glawr ei lyfr, nag oedd?"

"Ella dy fod ti'n iawn," meddai Elin. "Ella nad ydi o'n hoffi cael tynnu'i lun." Estynnodd am lyfr cyntaf y drioleg oddi ar ei silff a'i astudio. "Y fersiwn ffilm ydi hwn," meddai. "Rhaid ei fod wedi ei gyhoeddi'n wreiddiol efo clawr gwahanol."

"Be ti'n feddwl?" holodd Hannah.

"Wel." Crafodd Elin ei phen. "Ar lyfrau clawr caled mae llun yr awdur fel arfer, yntê? Ella *bod* llun yr awdur ar argraffiad cynta'r llyfrau."

"Ond gan pwy fyddai'r llyfrau clawr caled?" gofynnodd Hannah. "Alla i ddim meddwl am neb."

"Mae gen i syniad," meddai Elin.

"Pwy?"

"Dim pwy, ond lle. Y llyfrgell!"

"Syniad da," atebodd Hannah gan wenu.

"A' i yno fory," meddai Elin. "Rhaid bod 'na lyfrgell yn agos at y swyddfa – mi chwilia i ar-lein. Taswn i ond yn medru cael gafael ar lun o Harri Daniels, mi fyddai'r cyfan yn fwy real rhywsut. Mae hynna'n grêt, Hannah. Diolch am dy help."

"Ti feddyliodd am y syniad," chwarddodd Hannah.

"Faswn i byth wedi gwneud tasen ni heb fod yn trafod y peth," meddai Elin gan roi'r llyfr ar y gwely. "Mae 'na gystadleuaeth dda ar wefan y cyhoeddwr," meddai. "Cymer sbec."

"Iawn," meddai Hannah gan godi oddi ar wely Elin. "Ond rhaid i mi fynd rŵan. Dwi 'di blino'n lân, ac mae m'reichiau i'n brifo ar ôl llenwi silffoedd i Anti Bela drwy'r dydd. Ti'n cael ymlacio yn y llyfrgell, a finna'n magu cyhyrau mewn siop."

"Meddylia pa mor dda fyddi di'n edrych ar y traeth," meddai Elin dan chwerthin.

"Ella bydd Curig Dwyfor yn troi i fyny yno," ychwanegodd Hannah. "Ac os felly, mi wna i dy gofio di ato fo."

"Diolch!"

Aeth Elin â Hannah at y drws ffrynt cyn mynd yn ôl i'w hystafell. Taflodd ei llyfr nodiadau ar ei desg cyn estyn amdano eto. Fyddai gan ei thad unrhyw gynghorion i'w helpu, tybed? Oedodd i edrych ar y dudalen gyntaf, fel byddai hi wastad yn ei wneud. *Galli di wneud hyn!* Roedd hynny'n ei hysbrydoli, ond roedd Elin angen mwy. Roedd ei thad wedi bod yn newyddiadurwr arbennig. Rhaid fod ganddo sawl tric i fyny'i lawes.

Wrth droi'r tudalennau, penderfynodd Elin ei bod yn rhy hwyr i feddwl am y peth. Dylai fynd i'w gwely a dechrau eto yn y bore pan fyddai ei meddwl yn glir a ffres. Yna gwelodd frawddeg a wnaeth iddi oedi ac ystyried. *Paid ag anwybyddu unrhyw beth.* Darllenodd hi eto. Roedd ei thad wedi bod mewn sefyllfaoedd treisgar iawn pan oedd yn ohebydd tramor i bapur newydd. Gallai anwybyddu rhywbeth ei roi mewn perygl mawr, ond yn ôl ei mam roedd o wastad yn ofalus iawn. Weithiau, wrth gwrs, roedd pethau drwg yn digwydd – hyd yn oed pan oedd rhywun yn bod yn ofalus – ac roedd ei thad wedi colli'i fywyd. Er nad oedd rhaid i Hannah boeni am sefyllfaoedd peryglus yn ei swydd hi, roedd geiriau ei thad yn gyngor call. Fyddai newyddiadurwr da byth yn anwybyddu rhywbeth, rhag ofn ei fod yn bwysig.

Ceisiodd Elin gadw'i llygaid ar agor, a gwneud ychydig o nodiadau i'w helpu i ganolbwyntio. Clustnododd y dudalen, a rhoi dyddiad y diwrnod canlynol arno. Bryd hynny, byddai'n ceisio llunio proffil o Harri Daniels gan ofalu peidio ag anwybyddu unrhyw beth, rhag ofn ei fod yn bwysig.

Swatiodd Elin o dan y cynfasau, ac fel roedd hi'n cau ei llygaid gwelodd lyfr nodiadau ei thad yn aros amdani ar ei desg. Gwenodd yn gysglyd. *Diolch Hannah, a diolch Dad.*

Cam ymlaen a thor-calon

Cyn brecwast y bore wedyn, chwiliodd Elin ar-lein i weld ble roedd y llyfrgell agosaf at swyddfeydd *Calon*. Roedd un yn digwydd bod mewn lle cyfleus, ar ei ffordd i'r gwaith, felly anfonodd e-bost at Eleanor tra oedd hi'n bwyta'i brecwast. Roedd Eleanor wastad yn cyrraedd y swyddfa'n gynnar.

Ydi hi'n iawn i mi alw heibio'r llyfrgell ar fy ffordd i'r gwaith heddiw? Dwi wedi cael syniad neu ddau.

Cafodd ateb yn weddol gyflym.

Iawn. Wela i di'n nes ymlaen.

Roedd y llyfrgellydd yn help mawr. "Oes, mae 'na rywfaint o gopïau clawr caled yma," meddai wrth ateb cwestiwn Elin. "A' i i weld os oes 'na un ar gael."

Arhosodd Elin yn bryderus wrth i'r llyfrgellydd chwilio ar ei chyfrifiadur. "Oes, mae 'na un ar y silff, ond yr ail gyfrol yn y gyfres ydi hi. Os nad wyt ti wedi darllen y gyntaf, ella na fyddi di ei heisio."

"Popeth yn iawn," dywedodd Elin. "Dydw i ddim eisio darllen y llyfr, a dweud y gwir."

Edrychodd y llyfrgellydd yn syn arni. "Wir? Wel, fan hyn mae o," meddai gan estyn am y llyfr oddi ar silff. "Mae'r gyfres yn hynod boblogaidd," ychwanegodd. "Ers i'r ffilm gael ei rhyddhau, mae 'na alw mawr amdani."

Doedd Elin ddim yn gwrando. Edrychodd ar glawr ôl y llyfr, ond doedd dim llun awdur yno – na chwaith y tu mewn i'r llyfr. Roedd ychydig o nodiadau am yr awdur, ond roedden nhw mor fyr â'r nodiadau yn ei fersiwn clawr meddal hi. *Creodd trioleg Garwddant gynnwrf anhygoel pan gyhoeddwyd y gyfres yn wreiddiol, ac eisoes mae wedi cael ei gwerthu i dros ddwsin o wledydd. Mae Harri Daniels yn byw yn Llundain ac ar hyn o bryd mae'n gweithio ar gyfrol arall* – Geni Garwddant.

Caeodd Elin y llyfr a diolch yn gwrtais i'r llyfrgellydd wrth ei roi'n ôl iddi. "Chwilio am lun o'r awdur o'n i, ond does 'na 'run yma."

"Ti'n iawn," meddai hithau wrth gymryd cip ar y llyfr. "Mae cyhoeddwyr fel arfer yn hoffi cael llun o'r awdur – mae'n help i roi cyhoeddusrwydd i'r llyfr. Tybed pam na chawson nhw lun o'r awdur yma?"

"Wn i ddim," dywedodd Elin.

Penderfynodd gerdded gweddill y ffordd i'r gwaith. *Wel, o leia dwi'n gwybod rŵan ei fod o'n byw yn Llundain!* meddyliodd wrthi'i hun. *Mae hynny'n gam ymlaen.*

Roedd hi'n fore hyfryd a doedd y swyddfa ddim yn bell. Wrth gerdded heibio siop lyfrau, penderfynodd Elin daro i mewn.

Roedd pentwr o gopïau clawr meddal o'r llyfr yn y siop, ac aeth ag un draw at y cownter. "Wyddoch chi ydi Harri Daniels yn arwyddo llyfrau weithiau?" gofynnodd. "Oes 'na daith awdur ar y gweill, tybed?"

Estynnodd y perchennog ei law am y llyfr, ond daliodd Elin ei gafael ynddo. "Dwi ddim eisio ei brynu," dywedodd. "Holi am sesiynau arwyddo llyfrau ydw i."

"Does gen i ddim syniad," atebodd y perchennog yn ddidaro. "Gallet ti holi'r cyhoeddwyr – nhw fydd yn gwybod. Ond chlywais i ddim sôn am daith awdur."

"Diolch," meddai Elin gan roi'r llyfr yn ôl ar y pentwr. Ar ôl gorffen sgwennu'r darn am gasgliad dillad newydd Fflur, byddai'n ffonio'r cyhoeddwr. Gyda'r holl gyhoedduswydd am y llyfr, siawns bod Harri Daniels yn bwriadu trefnu taith awdur? Byddai Elin yn sicr yn gwneud hynny petai hi yn ei esgidiau o!

"Unrhyw lwc wrth chwilio am yr awdur dirgel?" holodd Eleanor pan gyrhaeddodd Elin y gwaith.

"Ddim mewn gwirionedd," atebodd Elin. "Ond o leia dwi'n gwybod ei fod o'n byw yn Llundain. Ac ar ôl gorffen y darn am Fflur Lewis, dwi'n mynd i ffonio'r cyhoeddwyr."

"Dwi'n falch ei fod o'n byw yn Llundain. Os llwyddi di i gysylltu efo fo, mi fydd yn haws trefnu cyfweliad. Da iawn ti!"

Dechreuodd Elin sgwennu'r darn am fenter newydd Fflur yn syth bìn, a chyn bo hir roedd ganddi erthygl y gallai ei ddangos i Eleanor.

"Mae hi'n bwriadu cynllunio dillad y byddai hi'i hun yn hoffi'u gwisgo," meddai Elin wrth Eleanor. "Mae hi'n gweithio gyda Carlotta Bellini hefyd, ac mae'n honno'n ddylanwad mawr arni. Dwi wedi chwilio ar y we i ddod o hyd i ragor o wybodaeth amdani, ac wedi atodi'r ffeil gyda'r erthygl."

"Gwaith gwych, Elin," meddai Eleanor gan wenu. "Rho ychydig funudau i mi ei olygu, ac yna mi awn ni â fo draw at Seren."

Ymhen chwinciad, roedd y ddwy'n anelu am swyddfa Seren. Er bod Gloria'n gwneud ei gorau glas i edrych yn ddi-hid, roedd Elin yn gwybod ei bod hi'n eu gwylio fel barcud. Gallai ddychmygu'r sioc ar wyneb Gloria pan glywai beth roedd Elin wedi'i sgwennu. Er bod Gloria wastad yn mwynhau gwneud i Elin deimlo'n ddiwerth, roedd Elin yn benderfynol na châi gyfle i wneud hynny heddiw!

Er bod Seren yn Brif Olygydd eitha llym, doedd Eleanor byth yn edrych fel petai arni ei hofn. Curodd ar y drws a cherdded yn syth at ddesg Seren. Roedd Seren yn falch o weld Eleanor, ond doedd hi ddim mor hapus pan welodd Elin yn ei dilyn i mewn i'r swyddfa.

"Be sy'n bod?" gofynnodd Seren.

"Mae Elin wedi cael sgŵp gan Fflur Lewis," atebodd Eleanor. "Mae asiant Fflur wedi anfon copi o'r datganiad i'r wasg ymlaen llaw iddi, er mwyn i ni gael bod y cylchgrawn cyntaf i'w gyhoeddi."

"O ddifri?" Syllodd Seren ar Elin, ei llygaid glas llym yn llawn diddordeb yn hytrach na dicter. "Pam benderfynodd hi rhoi'r sgŵp 'ma i ti?" holodd.

"Ym . . . wel . . ." ceisiodd Elin egluro. "Roedd y ddwy ohonon ni'n dod 'mlaen yn arbennig o dda pan wnes i eu cyfweld yn ystod fy mhrofiad gwaith. Soniodd hi bryd hynny ei bod hi'n ystyried menter newydd ac y byddai'n cysylltu pan oedd hi'n barod i wneud datganiad. Dwi'n meddwl mai trio rhoi hwb i mi yn fy ngyrfa mae hi," ychwanegodd.

Nodiodd Seren a gwenu ar Elin. "Dwi'n cofio'r erthygl – roedd hi'n awgrymu bod rhagor o wybodaeth i ddod. Mae'n amlwg fod gen ti empathi efo pobol, ac mae hynny'n bwysig iawn. Os ydi pobl yn teimlo dy fod ti ar eu hochr nhw, maen nhw'n fwy parod i rannu eu teimladau. Gwych. Mae'n edrych yn bur debyg bod 'na ddeunydd newyddiadurwraig dda iawn ynot ti. Be ydi'r sgŵp, gyda llaw?"

"Mae Fflur yn cynllunio casgliad o ddillad ar gyfer un o siopau cadwyn y stryd fawr," eglurodd Elin, wedi gwirioni wrth glywed canmoliaeth Seren. "Dwi wedi sgwennu erthygl." Cynigiodd gopi wedi'i brintio i Seren, ond chwifiodd Seren hi o'r neilltu. "Mae'n iawn – gaiff Eleanor gymryd cip arni," meddai gan edrych ar ei dirprwy. "Ond bydd raid i ni ystyried ble i'w rhoi hi yn y cylchgrawn. Mae angen i ni drafod y darn am yr actor 'na . . . gawn ni sgwrs mewn ryw ugain munud, Eleanor. Rhaid i mi wneud galwad ffôn rŵan. Da iawn ti," ychwanegodd i gyfeiriad Elin. "Dwi'n edrych mlaen at ddarllen yr erthygl yn fuan."

Roedd Seren eisoes wedi codi'r ffôn cyn i Elin ac Eleanor adael, ond doedd dim ots gan Elin fod y cyfweliad yn un mor fyr – roedd y Prif Olygydd yn ferch brysur iawn.

"Wel," meddai Eleanor wrth i'r ddwy fynd

yn ôl at eu desgiau. "Am ddechrau da i dy haf di! Pa gynlluniau eraill sy gen ti i fyny dy lawes, tybed?"

Allai Elin ddim peidio â chwerthin. Bron y gallai glywed clustiau Gloria'n fflapian wrth wrando ar eu sgwrs! "Dwi'n mynd i ailddechrau chwilio am wybodaeth am Harri Daniels mewn munud, ond dwi eisio rhoi hwn i chi i ddechrau," meddai gan estyn copi o'r rhestr o selébs roedd Hannah a hithau wedi'i llunio'r noson cynt. "Wn i ddim os byddwch chi eisio defnyddio un ohonyn nhw, ond ella bydd y rhestr yn ddefnyddiol."

Chwarddodd Eleanor hefyd. "Diolch, Elin. Mae'n braf gweld rhywun mor frwdfrydig."

"Dach chi'n fodlon i mi gario mlaen i chwilio am Harri Daniels?"

"Cyn belled â dy fod ti'n nôl y coffi ac yn mynd â'r ci am dro, dwi'n hapus i ti dreulio gweddill y diwrnod yn chwilio. Fedri di ddim treulio cymaint o amser ar weddill yr enwau ar y rhestr, ond mae'n debyg na fydd dim angen i ti wneud. Mae'n werth i ti dreulio tipyn mwy o amser ar hwn, ond cofia drafod efo fi cyn *gwneud* unrhyw beth, iawn? Dwi ddim am i'r un ohonon ni lanio mewn trwbwl!"

"Iawn. Diolch, Eleanor."

"A paid â phoeni os methi di gael gafael arno fo. Fydda i ddim dicach. Ond os llwyddi di, gallai wneud cyfweliad difyr a gwahanol i'r cylchgrawn. Cadwa dy lygaid a dy glustiau ar agor, ac os doi di o hyd i unrhyw beth, gad i mi wybod."

"Mi wna i ngorau," dywedodd Elin, yn falch o glywed ymateb Eleanor. Doedd hi ddim yn teimlo dan bwysau bellach, ac mewn ffordd ryfedd roedd hynny'n ei gwneud yn fwy penderfynol fyth o ddod o hyd i'r awdur.

Agorodd ei gliniadur a mynd yn syth i wefan y cyhoeddwr er mwyn nodi'r rhif ffôn. Yna tynnodd ei llyfr o'i bag er mwyn gallu nodi unrhyw beth defnyddiol pan fyddai hi'n ffonio. Anadlodd yn ddwfn cyn deialu'r rhif.

"Gwasg Befan a Hopcyn. Pa adran hoffech chi?"

"Ym . . ." Doedd hi ddim wedi disgwyl y cwestiwn yma. "Hoffen i siarad gyda rhywun sy'n delio â theithiau awduron," meddai, gan wneud ei gorau i swnio'n gwbl hyderus. "Ac am H–" Ond torrodd y derbynnydd ar ei thraws.

"Dwi'n eich trosglwyddo chi."

Canodd y ffôn am hydoedd, a phan oedd Elin ar fin rhoi'r ffôn i lawr, atebodd rhywun.

"Helô?"

Swniai fel llais merch ifanc iawn, a gallai Elin glywed rhywun arall yn siarad yn y cefndir. Fel roedd Elin ar fin egluro, aeth y sŵn yn aneglur fel petai rhywun wedi rhoi llaw dros y derbynnydd. Yna clywai lais y ferch yn glir unwaith eto. "Ddrwg gen i am hynna. Yr Adran Gyhoeddusrwydd sy yma. Alla i eich helpu chi?"

"Gallwch, gobeithio," atebodd Elin. "Dwi'n gweithio i gylchgrawn *Calon*, ac yn holi tybed ydi Harri Daniels yn arwyddo'i lyfrau neu'n mynd ar daith awdur yn fuan . . . y math yna o beth."

"O," meddai'r llais, cyn tawelu am eiliad. "Dwi ddim yn meddwl ei fod o, ond nid fy lle i ydi dweud unrhyw beth am Harri Daniels."

Roedd Elin mewn penbleth. "Pam ddim?" holodd.

"Dim ond helpu gyda phosteri a phethau ydw i. Dwi ddim yn ateb y ffôn fel arfer."

Ochneidiodd Elin. "Wel, ga i siarad efo rhywun *fedrith* siarad am Harri Daniels?"

"Mae hi mewn cyfarfod."

"Wel . . ." Doedd Elin ddim eisiau rhoi'r ffidil yn y to. "Fedrwch chi o leia drefnu i rywun anfon llun cyhoeddusrwydd ata i?"

"O diar . . ." Swniai'r ferch ar ben arall y ffôn yn anniddig. "Roedd ganddon ni lun, ond mi wnaethon nhw newid eu meddyliau . . . Does 'na 'run yma bellach. A dwi ddim yn credu y bydd 'na daith chwaith. Trueni hefyd," ychwanegodd. "Byddai'n cŵl, gyda'r ffilm a phopeth. Ddylen nhw drefnu un . . . ond bydd raid i chi ffonio'n ôl yn nes ymlaen a siarad efo Lliwen Tomos. Hi ydi pennaeth yr ymgyrch, ond dwi'n sicr na chewch chi gyfweld yr awdur. Ella daw cyfle rhyw ddydd, ond ddim eto. Iawn?"

"Reit . . . iawn," meddai Elin yn araf.

Rhoddodd y ffôn i lawr yn teimlo'n ddryslyd. Be yn y byd oedd yn digwydd? Oni ddylai'r Adran Gyhoeddusrwydd fod yn cynnig anfon pob math o bethau allan? Roedd y ferch druan yn gwbl ddi-glem. A be oedd yn bod ar Harri Daniels? Pam oedd o'n gwrthod rhoi cyfweliadau, cael tynnu'i lun, na mynd ar daith i arwyddo'i lyfrau? Be ar wyneb y ddaear oedd y broblem? Byddai'r ail ffilm yn cael ei rhyddhau cyn bo hir, a llwyth o bobl yn awyddus i gwrdd â'r awdur a phrynu copïau wedi'u harwyddo o'i lyfr – ac eto roedd o'n gwrthod gwneud hynny. Am od!

Tra oedd Elin yn pendroni, daeth Swyn i

mewn yn cario'r post a'i roi ar ddesg y dderbynfa er mwyn i Debbie Wu ei ddosbarthu o gwmpas y swyddfa. Doedd Elin ddim yn disgwyl unrhyw beth, ond cododd ei llaw yn siriol ar Swyn. Er mawr syndod iddi, doedd Swyn ddim yn edrych mor sionc ag arfer. Prin y gwenodd hi o gwbl ar Elin, a dechreuodd hithau boeni'n syth. Gobeithiai nad oedd Swyn a Glyn yn dal i ffraeo o achos y crochenwaith. Penderfynodd bicio draw i weld Swyn ar ôl iddi fod â Caswallon am dro.

"Ty'd yn dy flaen, Caswallon," meddai wrth i gi bach Seren oedi yn nrws agored y lifft. "Mae o'n berffaith ddiogel, a dwi ddim yn mynd i dy gario di heddiw. Os gwna i, mi fydd fy siwmper i'n flew drosti i gyd."

Roedden nhw'n cyrraedd ardal gerdded cŵn y parc fel roedd y ddau ddaeargi bach a'u perchennog yn diflannu drwy'r giât.

"Dim ots," dywedodd Elin gan roi mwythau i Caswallon. "'Drycha – dacw Tomos y pŵdl!"

Dyn canol oed oedd perchennog Tomos. Doedd o byth yn awyddus iawn i adael i'w bŵdl mawr du chwarae efo Caswallon. Efallai ei fod o'n meddwl bod ci bach Seren yn rhy flêr i chwarae efo'i bŵdl urddasol ef. Meddyliodd Elin tybed a fyddai'n newid ei feddwl tasai o'n gwybod bod perchennog Caswallon yn Brif Olygydd llwyddiannus oedd yr un mor urddasol bob tamaid â'i bŵdl? Wnaeth Elin ddim gadael i'r ddau gi chwarae am yn hir, fodd bynnag. Ar ôl i Caswallon fod yn rhedeg o gwmpas am sbel, gafaelodd ynddo a rhoi'r tennyn ar ei goler.

Pan gyrhaeddodd Elin adeilad y swyddfa, aeth i'r seler i chwilio am Swyn. Roedd hi wrthi'n lapio parsel, a chafodd Elin siom wrth weld bod ei llygaid yn goch, fel petai hi wedi bod yn crio.

"Be sy'n bod?" gofynnodd.

Gorffennodd Swyn lapio'r parsel a'i wthio o'r neilltu. "O, mi gafodd Glyn a fi ffrae wirion neithiwr, a rŵan dydan ni ddim yn siarad a . . ." Edrychodd ar Elin ac ochneidio. "Mae pethau wedi mynd o chwith byth ers i Marc Caradog gysylltu efo fi. Dwi'n difaru mod i erioed wedi clywed amdano fo." Gwenodd yn gam ar Elin. "Paid â phoeni. Dwi'n siŵr y bydd popeth yn iawn yn y diwedd," ychwanegodd. "Mae'n siŵr y down ni i ddeall ein gilydd heno a bydd popeth yn iawn erbyn fory. Mae pob perthynas yn mynd drwy'r felin weithiau."

Roedd Swyn yn siŵr o fod yn iawn, ond doedd Elin ddim yn hoffi meddwl bod dau berson mor hyfryd wedi ffraeo, chwaith. Roedd yn amlwg nad oedd Swyn am drafod y peth ymhellach, felly rhoddodd Elin gwtsh iddi cyn mynd â Caswallon yn ôl i fyny'r grisiau.

Unwaith roedd hi'n ôl wrth ei desg, aeth Elin ar y cyfrifiadur i chwilio am Harri Daniels unwaith eto. Doedd hi ddim yn hoffi meddwl bod Swyn yn drist, a châi drafferth i ganolbwyntio. Roedd ei meddwl yn bell wrth sgrolio i lawr y dudalen gyntaf o wefannau roedd y peiriant chwilio wedi dod o hyd iddyn nhw – cyfanswm o 250,000 o dudalennau! Ochneidiodd. Doedd ganddi ddim gobaith mynd drwy'r cyfan, felly byddai'n rhaid iddi fod yn fwy manwl wrth chwilio. Penderfynodd ychwanegu'r gair *awdur* at y chwiliad, a'r tro hwn 105,000 o ganlyniadau gafodd hi. Er bod hynny hefyd yn ormod o lawer, gallai Elin anwybyddu'r 50 tudalen gyntaf gan ei bod hi eisoes wedi chwilio trwyddyn nhw. Efallai y byddai'r gweddill yn wastraff amser hefyd, ond o bosib bod rhif ffôn neu gyfeiriad i'w gael yn rhywle. Cofiodd yr hyn ddywedodd ei thad am beidio ag anwybyddu unrhyw beth. Roedd llond gwlad o wybodaeth ar y we, ond sut y gallai hi wneud y defnydd gorau ohono? Yna cafodd syniad.

Mae pawb yn chwilio tudalennau'r we drwy ddechrau efo'r gyntaf – ond be taswn i'n dechrau efo'r dudalen olaf? Efallai bod gwybodaeth ddefnyddiol wedi'i chuddio ar dudalen nad oes neb yn trafferthu'i darllen erbyn hyn.

Ychydig funudau gymerodd hi i wibio i dudalen ola'r canlyniadau, ond siom gafodd hi. *Daria!* ebychodd.

Doedd dim gair am Harri Daniels ar y dudalen olaf. Er bod digonedd o gyfeiriadau at "Awdur," "Daniels," neu "Harri," doedden nhw ddim yn berthnasol i'r Harri Daniels roedd hi'n chwilio amdano. Gweithiodd Elin ei ffordd yn ôl yn araf drwy'r canlyniadau, gan edrych am rywbeth oedd yn cyfeirio'n uniongyrchol ato fo. O'r diwedd, gwelodd rhyw flog dyrys oedd wedi'i ysgrifennu bedair blynedd yn ôl gan rywun nad oedd hi erioed wedi clywed amdano. Roedd y peiriant chwilio wedi nodi bod cyfeiriad at Harri Daniels ynddo, felly efallai y gallai fod yn ddefnyddiol. Agorodd Elin ei llyfr nodiadau, cydio mewn beiro a pharatoi i ganolbwyntio.

Penci oedd teitl y blog, a rhywun o'r enw Math Bowen oedd wedi'i sgwennu. Sôn am gŵn Math a'i ffrindiau wnâi'r mwyafrif o'r cofnodion. *Be ydi cysylltiad Harri Daniels â hyn?* gofynnodd Elin iddi'i hun. Byddai'n rhaid iddi gario mlaen i ddarllen . . . "Enwau" oedd teitl y cofnod diweddaraf.

Mae'n anhygoel pa mor ddiddychymyg y gall rhai pobl fod wrth enwi'u cŵn, darllenodd Elin. *Os nad ydyn nhw'n dewis enwau pobl, maen nhw'n dewis enwau hollol hurt. Pam enwi ci yn Wiwer neu Titw? Cadwch wiwer os ydych chi eisiau wiwer er mwyn popeth!*

Dechreuodd Elin chwerthin. Roedd y Math Bowen yma'n swnio'n foi digon blin. Meddyliodd Elin tybed a oedd o'n dal i flogio ac a oedd unrhyw un yn ei ddarllen?

Yr enwau gorau yw'r rhai sy'n cyd-fynd mewn pâr, darllenodd. *Pupur a Halen, Rhiwbob a Cwstard, Cawr a Cnaf, Alffa ac Omega. Os ydych chi eisio cadw ci, mae'n*

syniad da i gadw dau, ac fel fy hen ffrind
Harri Daniels – awdur sydd ar fin dod yn
enwog (am enw, winc winc!!) – rhowch
enwau dychmygus iddynt, nid enwau di-ddim.
Gwnewch yn sicr fod y cŵn yr un oed hefyd
neu, rhyw ddydd, bydd ffrind yr hen Rhiwbob
yn marw, a bydd raid i chi chwilio am
Gwstard newydd.

Ebychodd Elin. Roedd hi wedi dysgu
rhywbeth pwysig – roedd Harri Daniels yn
cadw cŵn, dau ohonyn nhw, ac roedd ei
ffrind yn amlwg yn meddwl ei fod wedi
dewis enwau dychmygus! Gallai'r blog fod
yn ddefnyddiol, os oedd o'n dal i fynd.
Gwnaeth Elin nodyn o'r hyn roedd hi wedi'i
ddysgu, gan deimlo'n bles iawn efo hi'i hun,
er nad oedd y blog wedi'i harwain i unlle eto.
Felly . . . pam fod un o'r enwau a ddarllenodd
yn canu cloch yn ei meddwl?

Pwysodd Elin yn ôl yn ei sedd a chau'i
llygaid. Roedd hi'n siŵr ei bod hi wedi
clywed un o'r enwau yma'n ddiweddar. Ar

wefan arall am Harri Daniels, tybed? Roedd hi wedi edrych ar gynifer ohonyn nhw. Yna clywodd lais yn dweud rhywbeth.

"Ddrwg gen i?" Agorodd Elin ei llygaid a gweld Eleanor yn sefyll yn ei hymyl.

"Wyt ti'n digwydd mynd i siopa yn ystod dy awr ginio? Neu tybed allet ti nôl rhywbeth i mi pan wyt ti'n mynd â Caswallon am dro pnawn 'ma? Dwi angen neges bwysig, ond mae gen i ddedlein i'w chadw a cha i ddim cyfle i bicio allan."

"O! Ymmm . . ." Biti bod Eleanor wedi tarfu arni – beryg na fyddai hi byth yn cofio rŵan. Yna, yn sydyn, gwaeddodd allan, "Caswallon! Ei ffrind o, Cawr! Dyna fo – dyna'r ateb!"

"Ddrwg gen i?"

"Sori, Eleanor. Ro'n i'n trio cofio rhywbeth, ond yn meddwl amdano fo yn y ffordd anghywir. Doedd o'n ddim byd i'w wneud efo Harri Daniels. Cawr ydi ffrind Caswallon."

Yn sydyn, gwawriodd syniad enfawr, arswydus ar Elin. Beth os mai cŵn y blogiwr oedd Cawr a Cnaf – neu hyd yn oed cŵn Harri Daniels ei hun? A beth os oedd Cnaf wedi marw . . . a'i fod o wedi cael Bwystfil yn ei le? Wedi'r cwbl, roedd y blog wedi cael ei sgwennu bedair blynedd yn ôl. Doedd Cawr ddim yn enw cyffredin ar gi. A be am y tag ar siâp llyfr bach arian roedd Elin wedi'i edmygu ar ei goler? Oedd hwnnw'n arwyddocaol, tybed?

Ceisiodd Elin bwyllo, ond doedd hynny ddim yn hawdd. Oedd Harri Daniels yn agosach nag y dychmygodd hi? Wedi'r cwbl, roedd hi'n gwybod ei fod o'n byw yn y ddinas a bod ganddo ddau gi. Roedd llwythi o lefydd i fynd â chŵn am dro yn Llundain, ond ychydig o barciau eraill yng nghanol y ddinas oedd yn darparu cystal adnoddau ar gyfer cŵn a'u perchnogion. Byddai'n rhaid i Harri Daniels neu ei gerddwr cŵn fynd â nhw i *rywle*. Cofiodd Elin fod y ddynes fwy neu lai wedi cipio Cawr o'i breichiau pan gydiodd hi yn y tag. Oedd hi wirioneddol ar frys, neu'n anfodlon i Elin weld y rhif ffôn a'r cyfeiriad ar y tag? A pham fyddai rhywun yn cuddio cyfeiriad os nad oedd o'n bwysig? Tybed ai'r ddynes yna oedd yn cerdded cŵn Harri Daniels, fel roedd Elin yn cerdded Caswallon? Neu ella mai hi oedd y blogiwr . . . neu wraig Harri Daniels hyd yn oed!

Roedd o'n syniad mor enfawr fel na fedrai Elin ymdopi ag o am ychydig. Dechreuodd syniadau fownsio yn ei phen wrth iddi frwydro i'w ffrwyno a phwyllo. Penderfynodd fynd â Caswallon am dro ar yr amser arferol, pan fyddai Bwystfil a Cawr yn y parc. Gallai ofyn i'r ddynes a oedd rhyw gysylltiad rhyngddi hi a Harri Daniels, ond rhywsut teimlai Elin y byddai'n gwadu hynny, er mwyn amddiffyn yr awdur . . . rhag ofn i haid o newyddiadurwyr lanio ar ei stepen ei ddrws. Efallai y gallai ddal un o'r cŵn eto, er mwyn cael sbec arall ar y tag rhag ofn bod rhif ffôn arno . . . Roedd yn sicr yn werth rhoi cynnig arni. Er bod Eleanor wedi ei siarsio i drafod efo hi cyn gwneud dim, tybiai Elin mai ffonio neu alw i weld rhywun roedd hi'n ei olygu – nid gwneud rhywbeth mor ddiniwed â cherdded yn y parc a sgwrsio efo perchnogion cŵn eraill.

Doedd Elin ddim eisiau dweud gair wrth Eleanor rhag ofn iddi chwerthin am ben ei damcaniaeth . . . neu efallai y byddai'n ei gwahardd rhag codi'r ddau gi bach a mentro gwylltio'u perchennog unwaith eto. Roedd y rhan fwyaf o berchnogion yn hoffi gweld pobl yn edmygu eu cŵn a siarad amdanyn nhw. . . Ond roedd agwedd y ddynes yna'n od, ac roedd yn rhaid ystyried y tag llyfr arian a'r enw hefyd. Efallai fod Elin yn mynd dros ben llestri trwy obeithio mai'r Harri Daniels dirgel oedd biau'r cŵn, ond roedd Seren fel petai'n credu ei bod hi'r math o berson y byddai pobl yn ymddiried ynddi. Petai'r ddynes yn ffrind i Harri Daniels, efallai y gallai Elin ei pherswadio i'w chyflwyno i'r awdur. Gyda lwc, byddai popeth yn troi allan yn iawn.

Yn ôl i'r parc

Gan fod Elin ar bigau'r drain, penderfynodd gymryd cinio cynnar a mynd ar neges i Eleanor yr un pryd. Byddai'n aml yn bwyta'i chinio efo Swyn, a Glyn yn ymuno efo nhw o bryd i'w gilydd, ond heddiw roedd Elin am gadw draw. Credai y byddai'n well iddi adael llonydd i'r ddau drio dod i ddeall ei gilydd unwaith eto. Cydiodd yn ei bag a gadael y swyddfa, yn ffyddiog ei bod wedi gwneud y penderfyniad iawn.

Aeth i'r siop defnyddiau ysgrifennu i ddechrau. Roedd gan Eleanor lyfr nodiadau oedd hefyd yn ddyddiadur a threfnydd personol y gellid ychwanegu tudalennau ato. Credai Elin ei fod o'n ffordd hen ffasiwn o gadw bys ar y pŷls – defnyddiai hi ei dyddiadur ffôn – ond roedd yn well gan Eleanor ysgrifennu ei hapwyntiadau i lawr, ac roedd yn rhaid i Elin gyfaddef bod y llyfr a'i glawr o ledr gwyrdd yn edrych yn eithaf cŵl. Roedd Eleanor wedi esbonio'n union pa fath o dudalennau ychwanegol roedd hi eu hangen, felly doedd dim rhaid i Elin dreulio llawer o amser yn y siop.

Ar ôl hynny doedd gan Elin ddim byd arall i'w wneud, a theimlodd ei hun yn cael ei denu i gyfeiriad y parc, er nad oedd Caswallon efo hi. Roedd ganddi frechdan a photel o ddŵr yn ei bag . . . waeth iddi fwyta ei chinio yno ddim.

Wrth fwyta, cadwodd Elin lygad barcud ar yr holl bobl a chŵn oedd yn mynd i mewn ac allan o'r parc. Ond erbyn iddi orffen ei chinio, doedd dim sôn o'r cŵn roedd hi wedi gobeithio'u gweld. Ochneidiodd wrth godi ac ysgwyd y briwsion o'i dillad er mwyn i'r adar eu cael.

Ar ôl cyrraedd yn ôl i'r gwaith, newidiodd Elin i'w hesgidiau swyddfa a phlygu i roi ei hesgidiau allanol yng nghwpwrdd y cyntedd. Wrth sythu, gwelodd rywbeth rhyfedd. Roedd desg y dderbynfa'n syth o'i blaen a dyna lle roedd Glyn yn pwyso arni, yn siarad efo Debbie Wu. Roedd sawl un o ferched y swyddfa'n hoffi fflyrtio efo Glyn, a doedd dim syndod gan ei fod o'n *hynod* olygus. Roedd Swyn yn meddwl bod y peth yn dipyn o jôc ac yn aml yn tynnu coes Glyn am y peth. Ond doedd Elin erioed wedi'i weld o'n ymateb i sylw gan yr un ferch. Ddangosodd o erioed 'run gronyn o ddiddordeb yn neb ond Swyn. Roedd o wastad wedi bod yn ffyddlon iddi, cyn belled ag y gwyddai Elin, ond rŵan roedd o'n pwyso ymlaen at Debbie, a gwên fawr ar ei wyneb. Collodd calon Elin guriad. Be yn y byd oedd o'n ei *wneud*? Rhaid ei fod yn sylweddoli ei fod o'n annog Debbie wrth wenu cymaint? *O na*, meddyliodd Elin, *efallai ei fod o eisiau ei hannog hi? Efallai fod y ffrae gyda Swyn yn waeth nag o'n i wedi'i feddwl?*

Doedd Elin ddim eisiau cerdded heibio i'r ddau. Teimlai'n llawn embaras. Beth ddylai hi ei ddweud? Ddylai hi edrych yn ddig? Wrth gwrs, doedd o'n ddim o'i busnes hi mewn gwirionedd. Roedd yn rhaid i Glyn a Swyn weithio pethau allan rhyngddyn nhw.

Tynnodd Elin anadl ddofn a brasgamu i gyfeiriad y dderbynfa. Roedd hi wedi penderfynu peidio ag edrych i gyfeiriad y ddesg, na dweud gair, ond wrth iddi nesáu clywodd lais Glyn yn dweud, "Haia, Elin!"

Mwmialodd Elin ateb a cherdded at ei desg, gan eistedd i lawr a phlethu'i breichiau o'i blaen. Doedd gan Glyn ddim math o *gywilydd* hyd yn oed! Mae'n rhaid nad oedd ots ganddo fod Elin wedi'i weld. Sut *gallai* o?

Dechreuodd Elin ddarllen erthygl ddiweddaraf Gloria er mwyn cadw'i meddwl yn brysur, ond doedd hi ddim yn gallu canolbwyntio. Teimlai mor ddig dros Swyn fel y darllenodd yr un frawddeg deirgwaith, heb allu gwneud pen na chynffon ohoni. Trodd at sgrin arall a rhythu ar luniau o fagiau llaw am ychydig funudau. Pan oedd hi'n teimlo'n fwy pwyllog, cymerodd gipolwg ar ddesg y dderbynfa. Erbyn hyn, roedd Glyn wedi mynd ac eisteddai Debbie yno fel petai dim byd wedi digwydd.

Aeth Elin â'r pecyn o'r siop deunyddiau ysgrifennu draw at ddesg Eleanor, ond doedd hi ddim yno. Mae'n rhaid ei bod hi yn un o'i chyfarfodydd rheolaidd efo Seren. Tybed oedden nhw'n trafod y rhestr o selébs roedd Hannah a hithau wedi'i pharatoi? Roedd hynny'n annhebygol. Roedd diwrnod cyhoeddi'r cylchgrawn yn agosáu, felly mae'n debyg mai trafod y rhifyn nesa oedden nhw er mwyn gwneud yn siŵr bod popeth, yn cynnwys ei sgŵp hi, mor berffaith â phosibl. Byddai gweld ei sgŵp yn y cylchgrawn yn wych. Doedd Gloria ddim wedi sôn gair wrth Elin am y peth, er ei bod yn sicr o fod yn ymwybodol ohono.

Sylweddolodd Elin yn sydyn fod Gloria'n sefyll yn ymyl ei desg. "Os wyt ti'n brin o rywbeth i'w wneud, mae gen i dasg i ti," dywedodd.

"Mae gen i lond gwlad o bethau i'w gwneud, fel mae'n digwydd," meddai Elin.

Edrychodd Gloria arni'n sur. "Ia, wel, welais i ti'n trio esgus bod yn newyddiadurwr go iawn gynna. Rwyt ti'n ymddwyn fel Fi Fawr, dim ond am dy fod ti wedi cael help llaw gan Fflur Lewis a thipyn o annogaeth gan Eleanor."

Allai Elin ddim rhwystro'i hun. "Dydi cael sgŵp ddim yn rhan o waith newyddiadurwr?" gofynnodd yn fêl i gyd.

Rholiodd Gloria ei llygaid yn ôl ei harfer, fel petai hi'n meddwl bod Elin yn gwbl ddi-glem.

"Os *oes* gen ti rywbeth pwysig i'w wneud, well i ti fwrw mlaen," mylliodd. "A phaid ag anghofio am ein coffi ni."

"Wna i ddim," dywedodd Elin dros ei hysgwydd. Roedd hi'n swnio fel plentyn bach blin, ond dyna sut roedd Gloria'n gwneud iddi deimlo. Roedd gweld Glyn efo Debbie wedi'i bwrw oddi ar ei hechel. Ond gallai pethau fod yn waeth . . . beth petai o wedi bod yn fflyrtio efo Gloria?

Er gwaetha'i hun, bu bron i Elin chwerthin wrth feddwl am hynny. Fyddai Glyn ddim yn para deg eiliad efo Gloria. Byddai hi'n treulio'i holl amser yn taflu'i phwysau o gwmpas a byddai'n gas gan Glyn hynny!

Gan ei bod hi'n benderfynol o rwystro Gloria rhag rhoi gwaith iddi, aeth Elin ati i chwilio am y blogiwr oedd wedi sôn am gŵn yr awdur. Doedd ei flog ddim wedi para'n hir iawn, ond roedd ei hen gofnodion yn dal ar gael a dechreuodd Elin eu darllen yn frwdfrydig. Efallai y deuai o hyd i rywbeth defnyddiol wedi'i gladdu ynddyn nhw.

Roedd ei gyfeiriad e-bost ar gael yn hawdd, felly dechreuodd Elin ysgrifennu neges i'w hanfon ato. Yna oedodd. Os oedd Harri Daniels yn casáu'r cyfryngau – a theimlai Elin ei fod – roedd yn debygol o ddileu unrhyw neges a anfonwyd o gyfeiriad rhyw gylchgrawn. Byddai'n well iddi anfon neges ato o'i chyfeiriad *hotmail*, rhag iddo sylweddoli ei bod hi'n gweithio i *Calon*. Os oedd y blogiwr yn ffrind i Harri Daniels, a tasai Elin yn llwyddo i greu rhyw argraff arno, efallai y gallai lwyddo i'w ddarbwyllo na fyddai'r awdur yn colli'i breifatrwydd drwy wneud cyfweliad â hi? Roedd gan Elin deimlad annifyr na fyddai Eleanor yn cymeradwyo'r hyn roedd hi'n ei wneud, ond addawodd y byddai'n bod yn gwbl onest â'r blogiwr tasai o'n anfon gair ati. Doedd dim angen i'r blogiwr wybod yn syth am ei chysylltiad hi â *Calon*. Penderfynodd Elin fod yn gyfrwys, gan awgrymu bod ganddi rywbeth o ddiddordeb i'w ddweud wrth Harri Daniels. Treuliodd amser hir yn llunio'i neges, gan geisio ennyn chwilfrydedd y blogiwr. Hyd yn oed petai o'n ei dileu gan feddwl mai sbam oedd hi, o leiaf byddai Elin wedi gwneud ei gorau glas.

Oedodd am eiliad ac anadlu'n ddwfn cyn gwasgu *Anfon*. Gallai wastad drio cysylltu eto drwy e-bost *Calon*, ond doedd hi ddim yn ffyddiog y byddai hynny'n gweithio.

Teimlai Elin ei bod hi wedi gwneud popeth posib am y tro, a sylweddolodd ei bod hi'n hen bryd iddi nôl y coffi – fel arall, byddai'n hwyr yn mynd â Caswallon i gwrdd â'i ffrindiau, Cawr a Bwystfil. Dechreuodd ei chalon guro'n galed eto . . . byddai'n rhaid iddi ddefnyddio dogn go helaeth o empathi er mwyn perswadio'r ddynes i ymlacio. *Os* llwyddai i wneud hynny, a *phetai* gan y ddynes gysylltiad â Harri Daniels, a *phetai* Elin yn cael gafael ar rif cyswllt, byddai Eleanor wrth ei bodd. Byddai ganddi *ddwy* sgŵp yn hytrach nag un – a byddai hynny'n dysgu gwers i Gloria am fynd ar ei nerfau! Er hynny, roedd Elin yn sylweddoli mai siawns fechan iawn oedd ganddi o lwyddo.

Taclusodd ei desg, cau ei gliniadur a chychwyn allan i nôl y coffi. Roedd Eleanor a Seren yn dal i ganolbwyntio ar fanylion munud-olaf rhifyn nesa *Calon*. Gosododd Elin eu paneidiau ar ddesg Seren yn ofalus ac estyn tennyn Caswallon oddi ar y stand cotiau.

"Na, Caswallon–" Rhoddodd Seren ei llaw allan i rwystro Caswallon rhag gadael ei fasged. Yna gwelodd Elin a'r tennyn. "O, reit. Mae hi'n amser mynd am dro'n barod, ydi hi?"

"Mae hi bron yn dri."

"Ydi, ydi. Dos yn dy flaen 'ta." Chwifiodd Seren ei llaw. "Eleanor, rhaid i ni wneud rhywbeth efo'r dudalen 'ma. Dydi hi ddim yn ddigon bywiog."

Estynnodd Eleanor am ei choffi gan roi

nòd o ddiolch i Elin. "Be am roi mwy o liw cefndirol iddi?" awgrymodd.

Ysgydwodd Seren ei phen yn ddiamynedd. "Fyddai hynny ddim yn ddigon. Na, mae angen i ni dynnu mwy o sylw at darn yma. Gad i ni drio roi'r lluniau mewn bocs."

Rhoddodd Elin dennyn Caswallon amdano a'u gadael, gan gau'r drws yn dawel ar ei hôl. Teimlai'n fwyfwy cynhyrfus wrth nesáu at y parc. Beth petai cerddwr Cawr a Bwystfil yn gofyn i Elin gadw llygaid arnyn nhw tra oedd hi'n mynd i'r tŷ bach neu i brynu hufen iâ, a hithau'n ddiwrnod mor braf? Meddyliodd Elin y byddai'n syniad da iddi brynu hufen iâ iddi'i hun ac annog y ddynes i wneud yr un fath. *Taswn i ond yn cael ychydig funudau ar fy mhen fy hun efo'r tag arian siâp llyfr . . .* meddai wrthi'i hun. *Biti na ddois i â phêl efo fi hefyd.*

Mater bach fyddai edrych ar y tag wrth i'r cŵn ddod â'r bêl yn ôl iddi i'w thaflu eto. Ond roedd hi'n rhy hwyr i boeni am hynny rŵan. A doedd Eleanor ond wedi rhoi tan ddiwedd y dydd iddi ffeindio cliw. Roedd yn *rhaid* iddi ddod o hyd i gysylltiad . . .

Aeth Elin â Caswallon i mewn i'r ardal cerdded cŵn yn teimlo cymysgedd o frwdfrydedd a chyffro. Edrychodd o'i chwmpas i chwilio am y ddau gi, ond doedd dim golwg ohonyn nhw. Eisteddodd ar y fainc fwyaf cyfleus, lle roedd lle i berchennog Cawr a Bwystfil eistedd yn ei hymyl, ac roedd y ciosg hufen iâ yn agos. Roedd popeth yn barod.

Ond roedd yr aros yn anodd. Roedd Caswallon wrth ei fodd, fel arfer, ond roedd y cyfan yn artaith i Elin. Cripiai'r munudau heibio'n boenus o araf, a gorfodai ei hun i beidio ag edrych ar ei horiawr. Ymhen hir a hwyr daeth Caswallon i orwedd wrth draed Elin, er nad oedd fel arfer yn gwneud hynny. Byddai Elin yn gorfod galw arno, ond edrychai Caswallon fel petai'n hen barod i fynd yn ôl i'w fasged. *Dydi'r ddynes a'r cŵn ddim yn mynd i ymddangos heddiw,* meddai Elin wrthi'i hun.

"Ddrwg gen i, Cas," meddai, gan ei fwytho. "Awn ni rŵan."

Roedd Elin wedi bod mor obeithiol, ond roedd y cyfan yn ofer. Gobeithiai y byddai'r ddynes a'r cŵn yn dod i'r parc ryw ddiwrnod arall, a gallai Elin gael gair efo hi bryd hynny. Ond heblaw am hynny, doedd Eleanor ddim am iddi dreulio rhagor o amser yn chwilio am wybodaeth am Harri Daniels. Roedd yn hen bryd iddi symud ymlaen at yr enw nesaf ar y rhestr, er nad oedd hi eisiau cyfaddef hynny.

Eleanor yn cymryd yr awenau

Teimlai Elin yn reit ddiflas wrth gerdded yn ôl i'r swyddfa. Roedd hi wedi gobeithio gallu brolio'i llwyddiant wrth bawb, ond doedd dim byd i'w ddweud. Ei phrosiect hi oedd o, a doedd pethau ddim wedi gweithio allan fel roedd hi wedi gobeithio. Yna cofiodd am yr e-bost roedd hi wedi'i anfon at y blogiwr. Tybed oedd 'na ryw obaith wedi'r cwbl? Ar ôl cyrraedd y swyddfa, newidiodd ei hesgidiau a mynd â Caswallon yn ôl i swyddfa Seren. Suddodd yntau i'w fasged gyda ochenaid flinedig ond hapus, a chladdu'i drwyn o dan ei gynffon.

Wrth i Elin gerdded yn ôl at ei desg, edrychodd Gloria i fyny a dal ei llygaid.

"Trueni mai dim ond dau o'r rhain gawson ni," dywedodd, gan wthio cerdyn tuag at Elin. "A bod Seren wedi rhoi un ohonyn nhw i mi."

Edrychodd Elin ar y cerdyn. Gwahoddiad i gyngerdd gala er budd elusen oedd o, ac roedd Gloria'n bwriadu rhoi sylw iddo yn y cylchgrawn efo help Jo Ebenezer, ffotograffydd *Calon*. Cododd Elin ei hysgwyddau'n ddi-hid. Roedd Gloria'n amlwg yn ceisio gwneud iddi deimlo'n eiddigeddus, ond doedd Elin ddim am roi'r pleser iddi feddwl ei bod hi'n iawn. Cerddodd at ei desg heb ddweud gair, ac eistedd i lawr.

Roedd Eleanor hefyd wrth ei desg, yn brysur yn teipio. "Diolch i ti am fynd ar neges drosta i amser cinio," meddai.

"Croeso," meddai Elin. "Dim problem."

Agorodd Elin ei gliniadur gan groesi'i bysedd a gobeithio bod y blogiwr wedi ymateb. *Plis gadewch iddo fod wedi ateb*, meddai Elin wrthi'i hun. Ceisiodd berswadio'i hun efallai ei fod o'n gweithio ac na fyddai'n derbyn y neges tan heno, ond roedd hi *mor* awyddus i glywed oddi wrtho.

Edrychodd yn ei mewnfocs, ei chalon yn curo'n galed. OEDD, ROEDD 'NA NEGES! Cliciodd i'w hagor, ei bysedd yn crynu. Darllenodd hi sawl gwaith, ond siom fawr gafodd hi. Allai hi ddim rheoli'i hun, er y byddai'n tynnu sylw Gloria. Claddodd Elin ei phen yn ei dwylo a rhoi ochenaid hir, ddigalon.

Eisteddodd yno am ychydig funudau yn teimlo'n ddiflas iawn. Yna teimlodd law ar ei hysgwydd a chlywed lais tawel Eleanor yn sibrwd yn ei chlust. "Be sy'n bod, Elin? Oes rhywbeth wedi digwydd? Alla i helpu mewn rhyw ffordd?"

Llanwodd llygaid Elin â dagrau wrth

glywed llais caredig Eleanor.

"Wyt ti wedi cael newyddion drwg o adref?" holodd Eleanor mewn llais pryderus.

"Na, na, dim byd felly," atebodd Elin.

"Wel, fedri di ddim eistedd fan hyn efo dy ben yn dy blu," meddai. "Gad i ni fynd i Ystafell y Bwrdd. Mi gawn ni lonydd yn fanno, ac mi gei di ddweud wrtha i be sy'n dy boeni di, iawn?"

Nodiodd Elin cyn codi a cherdded at y drws. Gallai glywed Eleanor yn egluro wrth Gloria nad oedd hi'n teimlo'n dda. Roedd hi'n ddiolchgar i Eleanor, er ei bod yn teimlo braidd yn euog. Oedodd Eleanor yn y cyntedd i lenwi cwpan o'r peiriant dŵr cyn arwain y ffordd i Ystafell y Bwrdd.

"Be sy wedi dy ypsetio di gymaint?" holodd. "Ydi Gloria wedi bod yn fwy cas nag arfer? Rwyt ti'n fel arfer yn ei thrin hi'n dda iawn."

"Nid Gloria'n unig sy wedi fy ypsetio," meddai Elin gan chwythu'i thrwyn. "Dwi ddim yn cael unrhyw lwyddiant efo Harri Daniels chwaith." *Dwi'n drist am Swyn a Glyn hefyd*, sylweddolodd. *Mae popeth efo'i gilydd yn gwneud i mi deimlo'n hynod ddiflas, ond alla i ddim cyfaddef hynny.*

Eglurodd Elin sut roedd hi wedi dod ar draws y blog, a'r cysylltiad efo enwau'r cŵn yn y parc. "Ro'n i mor sicr mod i'n mynd i ddod o hyd i gyfeiriad neu rif ffôn o leia," dywedodd. "Roedd o mor gyffrous! Ond ddaethon nhw ddim i'r parc heddiw, a phan ddes i'n ôl i'r swyddfa a gweld bod fy neges i'r blogiwr wedi bownsio'n ôl dan y teitl *'amhosibl ei anfon'* . . ." Ochneidiodd. "Dyna pam o'n i wedi ypsetio. Ddrwg gen i."

"Wel, paid â phoeni," meddai Eleanor. "Mae'r pethau 'ma'n digwydd. Ella mai hen gyfeiriad e-bost ydi o. Wedi'r cyfan, mae'r blog yn bedair oed. A dweud y gwir," meddai gan edrych yn feddylgar ar Elin, "dwi'n credu dy fod ti wedi gwneud yn dda iawn, o ystyried bod gen ti cyn lleied o wybodaeth.

Mi ddylet ti longyfarch dy hun, yn hytrach na theimlo'n drist."

"O ddifri?"

"Wrth gwrs! Mae gwaith ditectif yn aml iawn yn arwain at siom. Ond pan mae rhywbeth yn gweithio, rwyt ti'n gwybod bod y cyfan wedi bod yn werth chweil. Ella nad wyt ti wedi cael gafael ar dy awdur, ond ti wedi dangos i mi dy fod ti'n ddigon abl i wneud hynny. Rwyt ti wedi creu argraff fawr arna i."

"Wel . . ." yfodd Elin ddiod o ddŵr a sniffian. "Mi wnes i fwynhau'r gwaith. Ddrwg gen i mod i wedi ypsetio – ddylwn i ddim fod wedi gwneud hynny."

"Paid â phoeni. Mae pobl sy'n cymryd eu gwaith o ddifri'n aml iawn yn ypsetio pan fydd pethau'n mynd o chwith."

Llyncodd Elin y lwmp yn ei gwddw. "Ond dydi o ddim yn beth proffesiynol iawn i'w wneud."

Gwenodd Eleanor. "Nac'di, ella, ond dim

ots. Rwyt ti'n ddigon ifanc i ddysgu sut i guddio mwy ar dy deimladau pan fydd angen. Ond paid byth â theimlo cywilydd am deimlo'n gryf ynghylch rhywbeth. Mae teimladau'n bethau gonest, real."

Anadlodd Elin yn ddwfn a gwenu. "Diolch, Eleanor. Dwi'n gwybod eich bod chi'n brysur ofnadwy a . . ."

"Dim o gwbl. Mae edrych ar ôl fy staff yn rhan o ngwaith i." Oedodd. "Yli, pam nad ei di i olchi dy wyneb, ail-wneud dy golur a dod yn ôl i'r swyddfa . . . neu fyddai'n well gen ti fynd adref?"

"Na, mae'n iawn," meddai Elin yn frysiog.

Ychydig funudau'n ddiweddarach roedd Elin yn ôl wrth ei desg, yn ceisio edrych fel petai dim wedi digwydd.

"Hoffet ti baned o de?" gofynnodd Eleanor. "Dwi'n siŵr y byddai Gloria'n fodlon gwneud un i ti."

"Ia, plis," atebodd Elin.

"Sut wyt ti'n hoffi dy de?" gofynnodd

Gloria, gan wthio'i chadair yn ôl a chodi'n syth.

"Llefrith ac un siwgr, diolch," dywedodd Elin.

Mygodd Elin wên wrth i Gloria gerdded yn dalog tua'r drws. O'r holl bethau allai fod wedi digwydd i godi'i chalon, hwn oedd y peth gorau un – Gloria'n gwneud paned iddi *hi*! Cymerodd gip sydyn ar Eleanor. Gwenodd yr Is-Olygydd yn gynnes arni, ei llygaid yn dawnsio. Roedd Elin yn bendant ei bod hi wedi gwneud hyn yn fwriadol. Efallai nad oedd y ffordd y gwnaeth Gloria drin Elin yn haeddu pryd o dafod, ond roedd yn amlwg fod gan Eleanor ffyrdd eraill o gadw'i staff dan reolaeth!

Cyfweliadau

Dros y dyddiau nesaf, bu Elin wrthi fel lladd nadroedd yn cysylltu â chynifer o asiantau ag y gallai er mwyn trefnu cyfweliadau ar gyfer y cylchgrawn. Er mawr syndod iddi, atebodd asiant Curig Dwyfor yn gyflym iawn i ddweud bod y seren yn digwydd bod yn Llundain ac y byddai'n hapus i gael ei gyfweld ar unwaith. Yn anffodus i Elin, penderfynodd Seren mai hi ei hun ddylai ei gyfweld. Allai neb ddadlau â hi, gan mai hi oedd y Prif Olygydd, ond roedd Gloria a

Debbie ill dwy'n cytuno y byddai Gloria wedi cael gwell hwyl arni na Seren.

Bu Gloria a Debbie'n trafod yn fanwl beth fydden nhw'n ei wisgo ar ddiwrnod cyfweliad Curig Dwyfor, rhag ofn iddo alw heibio'r swyddfa. Roedd hi'n llawer mwy tebygol y byddai Seren yn ei gyfweld yn ei westy, fodd bynnag. Chymerodd Eleanor ddim rhan yn y drafodaeth. Byddai wastad yn cadw'i phellter yn ystod sgyrsiau o'r fath, a beth bynnag ddigwyddai gwyddai Elin fod yr Is-Olygydd wastad yn edrych yn soffistigedig a chŵl ac yn llawer gwell na Gloria a Debbie. Ar y llaw arall, roedd Gloria'n dda iawn am greu gwisg oedd yn edrych yn ffynci – rhywbeth y byddai Elin wrth ei bodd yn ei efelychu. Ond ofynnodd neb am farn Elin – yn enwedig Gloria.

Roedd Elin wrthi'n croesi enw rhyw seren nad oedd ar gael i'w gyfweld oddi ar ei rhestr pan alwodd Eleanor arni.

"Wyt ti'n cofio ymweld â Jacob Ffrou adeg

y Pasg llynedd?"

"Wrth gwrs!" Gwenodd Elin. Roedd hi wedi dod ymlaen yn dda iawn efo'r cynllunydd esgidiau oedrannus, a chafodd gyfle i gymryd rhan mewn sesiwn tynnu lluniau yn modelu ei esgidiau arbennig gydag aelodau'r Sŵn. Er ei fod yn hen, roedd ei gynlluniau'n hynod cŵl. Fyddai Elin *byth* yn anghofio'r diwrnod yna, yn enwedig gan fod Monsieur Jacob wedi rhoi pâr o esgidiau iddi'n anrheg, i diolch iddi am fodelu ei esgidiau.

"Wel, mi hoffen i ti fynd i gyfarfod cynllunydd arall."

"Gwych. Pwy ydi o?"

"Cynllunydd ifanc, newydd o'r enw Aneurin Cyffin. Mae Seren eisio cyfres o erthyglau am y cynllunwyr sy'n gyrru'r diwydiant ffasiwn. Os ydan ni am roi'r chwyddwydr ar sêr y dyfodol, mae'r boi yma'n sicr yn un i'w wylio. Fyddet ti'n hoffi ei gyfweld?"

Goleuodd wyneb Elin. "Mi faswn i wrth fy modd!"

"Iawn, ffonia fo 'ta," meddai Eleanor. "Fydd Seren ddim eisio erthygl hir, dim ond bywgraffiad byr yn rhoi blas o'r ffordd mae o'n gweithio a sut le ydi ei weithdy. Y math yna o beth. Ac mi fydd angen lluniau o rai o'i gynlluniau. Gall hon fod y gyntaf mewn cyfres o erthyglau da iawn ar gyfer y cylchgrawn."

Aeth Elin i'r afael â'r dasg ar unwaith. Daeth o hyd i rif ffôn Aneurin Cyffin ar fasdata'r swyddfa a rhoi caniad iddo. Atebodd rhyw ferch y ffôn ar unwaith, ac eglurodd Elin ynghylch y cyfweliad.

"Dwi'n sicr y bydd o wrth ei fodd," meddai. "Ond dydi o ddim yma ar y funud. Gwen, ei gynorthwy-ydd, ydw i. Dalia mlaen tra mod i'n edrych yn ei ddyddiadur."

Doedd Aneurin ond ar gael ar un diwrnod yr wythnos honno, a derbyniodd Elin yr amser a gynigiwyd iddi'n syth. "Ro'n i'n ofni na allai o weld neb tan yr hydref," meddai Elin. "Ac erbyn hynny, mi fydda i'n ôl yn yr ysgol. Ond bydd hyn yn berffaith. Diolch o galon."

"Os bydd 'na ryw broblem, mi ro i ganiad yn ôl i ti," dywedodd Gwen. "Ond dwi'n siŵr y bydd o'n fodlon, yn enwedig gan mai *Calon* ydi'r cylchgrawn. Mae'ch darllenwyr chi yr oedran perffaith ar gyfer ei gynlluniau."

Ar ddiwedd yr alwad, rhoddodd Elin y dyddiad yn ei dyddiadur ffôn gan deimlo'n bles iawn efo hi'i hun. Ond rhaid bod Gloria wedi clywed y sgwrs. "Dwyt ti ddim yn hoffi Curig Dwyfor neu rywbeth?" gofynnodd gan grechwenu.

"Wrth gwrs mod i!" atebodd Elin. "Pam?"

"Dim rheswm," meddai Gloria. "Dim ond mod i'n methu deall pam dy fod ti'n trefnu apwyntiadau ar y diwrnod mae o'n cael ei gyfweld."

Dywedodd Elin wrthi'i hun ei bod yn bur

annhebygol y byddai'r seren yn dod draw i'r swyddfa, ond er hynny teimlai braidd yn siomedig. Edrychai Gloria'n bles, gan ei bod hi y math o berson oedd yn ymhyfrydu yn anlwc pobl eraill. "Dyna biti dy fod ti'n mynd i'w golli fo," meddai cyn hwylio'n ôl at ei desg. "Dwi bron yn bendant y daw o yma er mwyn i Jo dynnu lluniau."

Gallai Elin fod wedi taro'i desg mewn rhwystredigaeth. Allai hi ddim ail-drefnu'r cyfweliad efo Aneurin Cyffin – doedd o ddim yn rhydd ar unrhyw ddiwrnod arall. Byddai'n rhaid iddi dderbyn na châi hi gyfarfod y seren ffilm golygus, a chanolbwyntio ar gyfarfod y cynllunydd newydd yn lle hynny. *Go drapia*!

Amser cinio, aeth Elin i lawr i'r seler i weld Swyn.

"Dwi'n siŵr fod Glyn yn credu mod i'n hurt bost, yn anfodlon gwthio fy hun," meddai Swyn wrth i'r ddwy rannu brechdan. "Ond o leia mae o wedi stopio swnian arna i erbyn hyn."

Roedd Elin wedi ystyried dweud wrth Swyn ei bod hi wedi gweld Glyn yn siarad efo Debbie, ond penderfynodd beidio. Efallai mai dim ond ychydig bach o fflyrtio diniwed oedd o. Wedi'r cwbl, doedd Elin ddim wedi clywed 'run gair ddywedodd Glyn. A doedd Elin ddim eisiau dweud unrhyw beth fyddai'n creu mwy o densiwn rhwng y ddau.

Aeth Elin a Caswallon am dro yn ystod y pnawn, yn ôl eu harfer. Ond, unwaith eto, doedd dim golwg o'r cŵn bach a'r tagiau arian siâp llyfr.

"Mae'n ddrwg gen i, Cas," meddai Elin. "Mae'n amlwg nad ydyn nhw'n bwriadu dod ar gyfyl y parc ar hyn o bryd."

Yn ôl yn y swyddfa, roedd golwg reit ddig ar wyneb Debbie, tra eisteddai Gloria wrth ei desg yn canolbwyntio'n galed ar rywbeth, ei hwyneb fel taran.

"Be sy wedi digwydd?" gofynnodd Elin wrth Debbie, gan godi Caswallon i'w fwytho am y tro olaf cyn mynd â fo'n ôl at ei feistres.

"Mae Seren Maelor yn mynd ar fy nerfau i weithiau," dywedodd Debbie mewn llais isel. Doedd dim golwg o'r Golygydd, ond fyddai o ddim yn gwneud y tro iddi glywed sylwadau o'r fath gan aelod o'r staff.

"Pam?" holodd Elin.

"Mae hi wedi newid ei meddwl ynghylch Curig Dwyfor ac wedi penderfynu y byddai'n well tynnu lluniau ohono yn ei westy. Dwi'n siŵr ei bod hi'n codi'n gobeithion ni ar bwrpas, dim ond er mwyn medru'n siomi."

Credai Elin fod gan Seren bethau pwysicach i'w gwneud na digio'i staff, ond fentrodd hi ddim dweud hynny. "Ella nad ydi o eisio mentro allan o'i westy rhag ofn iddo gael ei fobio gan ei ffans," meddai gan feddwl am yr holl ymdrech roedd Gloria a Debbie'n bwriadu ei gwneud yn y gobaith y byddai'n sylwi arnyn nhw. "Mae'n debyg bod 'na lwythi o ferched yn taflu'u hunain ato, ac yntau am osgoi hynny."

"Dwi'n meddwl bod Seren eisio'i gadw fo

i gyd iddi hi'i hun," meddai Debbie'n ddiflas.

Doedd Elin ddim eisiau bod fel Gloria, ond allai hi ddim rhwystro'i hun rhag gwneud rhyw sylw bach pigog wrth gerdded heibio'i desg. "Mae'n ddrwg iawn gen i na chei di gyfle i weld Curig Dwyfor," dywedodd yn fêl i gyd. Cymerodd Gloria arni nad oedd wedi ei chlywed, ond pan gyrhaeddodd Elin yn ôl at ei desg roedd neges hy wedi ymddangos ar ei gliniadur. Doedd dim i ddweud mai Gloria oedd wedi anfon y neges, ond gwyddai Elin mai hi oedd yn gyfrifol. Dileodd y neges gan wenu.

Glaw a hindda

Gwisgodd Elin ei hesgidiau Jacob Ffrou ar fore'r cyfweliad efo Aneurin Cyffin. Roedd hi'n meddwl y byd ohonyn nhw. Y Môr-leidr oedd enw'r steil, am eu bod nhw'n debyg i esgidiau môr-ladron erstalwm. Lledr meddal coch oedd y tu mewn, a bwcwl tebyg i hen geiniog aur yn eu cau. Teimlai ei thraed fel trysorau gwerthfawr ynddyn nhw – yr unig eitemau cynllunydd oedd ganddi. Roedd yr esgidiau mor gyfforddus nes teimlai Elin fel petai hi'n cerdded ar gymylau ond, ar yr un pryd, teimlai awydd curo'i thraed ar loriau pren swnllyd a dawnsio'n wirion bost.

Ar y funud, doedd hi'n gwneud dim o hynny. Yn hytrach, eisteddai'n dawel ar y bws, ei llyfr nodiadau ar ei glin, yn mynd dros y cwestiynau roedd hi'n bwriadu eu gofyn i'r cynllunydd dillad. Gobeithiai y byddai ei hesgidiau'n help iddo ei chymryd hi o ddifrif fel un oedd yn gyfarwydd â'r ffasiynau diweddaraf. Roedd hi'n gwybod mai nod Aneurin Cyffin oedd gwneud i ferched wirioni ar wisgo ffrogiau. Byddai'n ddifyr gwybod sut y bwriadai wneud hynny!

Roedd yr haul yn tywynnu pan gychwynnodd o'r tŷ, ond erbyn hyn roedd yr awyr yn llawn cymylau tywyll. *O na! Dim glaw, dim rŵan, plis!* meddyliodd wrth i ddafnau mawr daro ffenestri'r bws. Melltithiodd Elin ei hun am anghofio dod â chôt neu ambarél, ond pharodd y gawod ddim yn hir a daeth yr haul allan unwaith eto. Llamodd oddi ar y bws mewn hwyliau da, gan ofalu osgoi'r pyllau dŵr wrth gerdded i gyfeiriad gweithdy'r cynllunydd. Roedd hi bron â chyrraedd pen ei thaith pan aeth lorri heibio ar wib, gan yrru ton o ddŵr dros y palmant lle cerddai Elin. Roedd hi'n amhosib neidio o'r ffordd mewn pryd, ac o fewn eiliadau roedd Elin druan yn wlyb diferol o'i phengliniau i lawr.

Roedd hi bron â chrio wrth ganu cloch y gweithdy.

Agorodd Gwen y drws. "Mae Aneurin yn edrych mlaen at dy gyfarfod," meddai gan hebrwng Elin i mewn i'r gweithdy mawr golau. "Ond be sy'n bod?"

"Dwi newydd gael fy sblasio gan lorri fawr," atebodd Elin. "Ddrwg iawn gen i, ond mae nhraed i'n wlyb socian."

Ebychodd Gwen wrth weld cyflwr esgidiau Elin. "Am sgidiau rhyfeddol! Maen nhw'n wych! Bydd raid i ni eu glanhau nhw'n ofalus. Dwi'n gwybod ei bod hi'n bwysig iawn i sychu lledr yn araf. Mi wna i ngorau – a nôl tywel i ti sychu dy goesau hefyd," ychwanegodd gan ddiflannu i rywle.

"Haia. Ro'n i'n meddwl mod i wedi clywed rhywun. Ty'd i mewn. Rhaid mai ti ydi Elin." Dyn golygus oedd Aneurin Cyffin, efo barf daclus a gwallt tywyll at ei ysgwyddau. Roedd cysgod gwên ar ei wyneb.

Oedodd Elin ar ganol tynnu'r Môr-ladron ac ysgwyd ei law. Er ei bod hi mor benderfynol o edrych a swnio'n broffesiynol, roedd hi wedi cael ei dal yn tynnu'i hesgidiau, a'i sgert a'i choesau'n strempiau o ddŵr budr. Teimlai'n llawn cywilydd. "Ddrwg gen i," ymddiheurodd. "Ges i fy sblasio gan lorri."

"Paid â phoeni," meddai yntau. "Be ddaeth dros ben Gwen yn dy adael di fan hyn? Lloriau pren sy yn y gweithdy . . . Dal sownd, nid esgidiau Jacob Ffrou ydi'r rheina?"

"Ym . . ." Tynnodd Elin yr ail esgid a sythu. "Ia. Enw'r steil ydi . . ."

"Y Môr-leidr. Wn i. Nefi, rhaid bod

cylchgrawn *Calon* yn talu cyflog da!"

Tynnu'i choes oedd o, wrth gwrs, a chyn bo hir roedd y ddau'n sgwrsio fel hen ffrindiau. Roedd Jacob Ffrou yn amlwg yn dipyn o arwr i Aneurin. Gwrandawodd yn astud ar Elin wrth iddi esbonio ei bod wedi modelu'r sgidiau mewn sesiwn tynnu lluniau i Monsieur Ffrou, a'i fod yntau wedi eu rhoi'n anrheg iddi.

"Biti nad ydi o'n cynllunio sgidiau i ddynion," meddai Aneurin wrth i Gwen ymddangos gyda thywel i Elin. "Dwi'n siŵr y bydden nhw'n sbort i'w gwisgo. Dos i nôl peth o'r papur gwyn meddal 'na," meddai wrth Gwen. "Mi fydd o'n help i sugno'r gwlybaniaeth o'r sgidiau. Efo tipyn o lwc, mi fyddan nhw wedi sychu'n weddol erbyn i ti eu rhoi nhw'n ôl am dy draed."

"Diolch," meddai Elin. Doedd dim ots ganddi bellach ei bod hi'n siarad efo Aneurin yn droednoeth. Roedden nhw'n eistedd ar gadeiriau cyfforddus, ac o'i blaen roedd rỳg meddal y gallai suddo'i thraed i mewn iddo.

"Felly pam ydach chi am i ferched wirioni ar wisgo eich ffrogiau?" gofynnodd, ei llyfr nodiadau'n barod.

"Achos maen nhw'n llawn posibiliadau," atebodd. "Y toriad, yr hyd . . . mae modd gwneud cymaint efo nhw. Rydw i bob amser yn trio cynllunio ffrogiau sy'n hawdd eu gwisgo – gall merched eu taflu amdanynt a defnyddio ategolion i'w gwneud nhw'n unigryw." Neidiodd ar ei draed a mynd draw at ei ddesg gan ddod yn ei ôl â phentwr o luniau mawr. "Dwi mor gyffrous am y rhain," meddai. "Wyt ti'n gwybod am Maia Toncin, y gantores?"

"Ydw," meddai Elin. "Mae hi'n grêt."

"Ydi, mae hi," dywedodd Aneurin. "Mi fydd hi'n ffilmio'i fideo nesaf yn y Sioe Gychod . . . ac yn gwisgo *tri* o'r cynlluniau yma!"

"Waw!" ebychodd Elin mewn rhyfeddod. Doedd dim syndod fod Aneurin yn edrych mor falch. Ysgrifennodd Elin yr holl wybodaeth yn ei llyfr, ond roedd Aneurin wedi llamu o'i gadair unwaith eto ac wrthi'n estyn rhywbeth oddi ar ei ddesg.

"Dyma ti! Mae gen i docynnau sbâr ar gyfer y Sioe – does arna i mo'u hangen nhw. Pam nad ei di draw? Falle y gallet ti sgwennu erthygl am pa mor cŵl roedd Maia'n edrych yn fy ffrogiau i?"

"Rhaid i mi ofyn i'r Golygydd, wrth gwrs," chwarddodd Elin. "Ond mae'n swnio'n syniad gwych. Diolch yn fawr iawn!"

Rhoddodd y tocynnau yn ei bag gan deimlo'n hynod gyffrous. *Gobeithio y bydd Eleanor yn gadael i mi fynd!* meddyliodd. *Efo Maia Toncin yn ymddangos yno, mi fydd yn siŵr o fod yn ddigwyddiad arbennig.*

Ar ei ffordd yn ôl i'r swyddfa, meddyliodd Elin tybed sut hwyl gafodd Seren wrth gyfweld Curig Dwyfor. Yn sicr, fyddai *hi* ddim wedi cael ei gwlychu gan ddŵr budr wrth fynd i gyfweld actor ifanc golygus oedd newydd wneud argraff enfawr efo'i ffilm ddiweddaraf! Byddai Elin wedi mwynhau bod yno hefyd, wrth gwrs, ond roedd hi wedi hoffi Aneurin Cyffin yn fawr. Wedi dweud hynny . . . Dechreuodd Elin freuddwydio amdani hi a Curig yn cyfarfod yn y gwesty. Byddai'r ddau'n dod ymlaen yn wych, ac er bod ei asiant yn ffonio'n ddi-baid i ddweud bod ganddo apwyntiad arall, fyddai Curig ddim yn gallu tynnu'i lygaid oddi ar Elin . . . Bydden nhw'n mynd allan am bryd o fwyd, yn union fel tasen nhw yn un o'i ffilmiau. Byddai'n syllu arni efo'i lygaid tywyll bendigedig ac yn dweud ei fod yn meddwl y byd ohoni. Yna byddai'n mynd â hi i'w dŷ mawr yn ei gar moethus . . .

Daeth y freuddwyd i ben yn ddisymwth gan i Elin deimlo penelin yn ei hasennau wrth i'r ddynes a eisteddai nesaf ati chwilota yn ei bag. "Sori, del. Dwi'n chwilio am fy ngoriadau . . ."

"Mae'n iawn."

Doedd y bws yn ddim byd tebyg i gar rasio, ond doedd dim ots. Roedd Elin wedi mwynhau'r freuddwyd, a chysurodd ei hun fod ganddi fwy o siawns o'i weld rhyw ddiwrnod na miloedd o'i ffans eraill. Wedi'r cwbl, roedd hi eisoes wedi cyfarfod Al o'r Swn – ei hoff ganwr yn y byd i gyd! Oherwydd ei bod yn gweithio i *Calon*, roedd ganddi fwy o siawns na'r rhan fwyaf o'i ffrindiau i gyfarfod pobl ddifyr a chwl.

Pan gyrhaeddodd Elin yn ôl i'r swyddfa, rhoddodd drefn ar ei nodiadau, yn barod i'w dangos i Eleanor. Er ei bod yn ddigon bodlon ar yr holl wybodaeth a gasglodd, sylweddolai nad oedd lle i erthygl hir. Petai Eleanor yn cymryd cip ar ei nodiadau, ac yn awgrymu beth allai hi ei ddefnyddio, efallai bod siawns o weld ei geiriau ei hun yn y cylchgrawn, ar yr un dudalen â lluniau o Aneurin Cyffin a'i gynlluniau.

Er mor gyffrous oedd hynny, roedd hi'n amser cinio ac roedd gan Elin rywbeth arall ar ei meddwl. Sut hwyl oedd ar Swyn erbyn hyn, tybed? Gyda lwc, byddai siawns am sgwrs efo hi dros frechdan. E-bostiodd Elin ei nodiadau at Eleanor a chau ei gliniadur cyn mynd i chwilio am Swyn.

Oedodd Elin cyn mynd i mewn i'r ystafell bost yn y seler. Er ei bod yn awyddus i weld Swyn, roedd hi'n dal i deimlo braidd yn anniddig. Doedd hi ddim eisiau tarfu ar y ddau tasen nhw'n digwydd bod ar ganol ffrae danbaid . . . na chwaith os oedden nhw'n trio cymodi. Ond ar ei phen ei hun roedd Swyn, yn ysgrifennu nodyn.

"Haia, Elin! Dwi jest yn atgoffa fy hun i archebu mwy o inc coch ar gyfer y peiriant ffrancio. Dwi'n gwrthod paratoi'r archeb cyn cinio – dwi ar fin llwgu!" Glynodd y nodyn ar y wal a gwenu. "Sut wyt ti? Dwi ddim wedi dy weld ti ers sbel."

"Dwi 'di bod yn reit brysur yn ddiweddar."

Adroddodd Elin hanes cyfweliad y bore

wrthi cyn i'r ddwy ddechrau trafod Harri Daniels.

"Dyna biti!" meddai Swyn pan ddywedodd Elin nad oedd wedi cael unrhyw lwc.

"Nid dyna pam dwi yma, cofia," ychwanegodd Elin. "Sut mae pethau efo ti?"

"Iawn," atebodd Swyn. "Dydi Glyn a fi ddim fel roedden ni'n arfer bod, ond o leia dydi o ddim yn mynd mlaen a mlaen am y busnes crochenwaith erbyn hyn."

"Wel, fyddet ti'n hoffi cael rhywbeth arall i feddwl amdano fo?" gofynnodd Elin. "Mae Aneurin Cyffin wedi rhoi dau docyn i'r Sioe Gychod i mi er mwyn gweld Maia Toncin yn gwisgo'r ffrogiau mae o wedi'u cynllunio. Ro'n i'n mynd i ofyn i Eleanor os ga i fynd. Does dim *rhaid* i mi fynd cyn gallu sgrifennu'r erthygl. Ond mi fydda fo'n sbort, yn bydda?"

"Dwi erioed wedi bod yn y fath le o'r blaen," meddai Swyn yn feddylgar.

"Na finnau!" dywedodd Elin. "Ac yn ôl

bob sôn, mae 'na lwythi o gychod crand yno – a hynny dan do, cofia! Mae'r cyfan yn swnio'n ffantastig. Ond paid â phoeni os nad ydi o'n apelio atat ti. Mi alla i fynd ar ben fy hun . . ."

"Mae cychod dan do yn swnio'n hwyl," dywedodd Swyn. "Ac mae'r Sioe'n cael ei chynnal yn agos iawn at y swyddfa. Grêt!" meddai gan wenu'n llydan. "Mi ddo i – ar yr amod nad wyt ti'n sôn gair am Glyn na'r crochenwaith!"

"Addo," chwarddodd Elin.

Y Sioe Gychod

"Mi fyddai'n syniad da i ti fynd i'r Sioe Gychod i weld y fideo gerddoriaeth yn cael ei ffilmio," meddai Eleanor yn frwdfrydig. "Ella daw 'na erthygl arall yn ei sgil," ychwanegodd, "ac mi fydd yn brofiad diddorol i ti, a dweud y lleia. Dwi'n falch bod Swyn yn mynd efo ti – mi fyddi di'n iawn efo hi."

Ar ddiwrnod y ffilmio, teimlai Elin a Swyn fel petaen nhw'n dianc o'r swyddfa, gan eu bod yn gadael toc wedi tri. Dim ond un broblem oedd – roedd yn rhaid i Elin fynd â Caswallon efo hi. Roedd Seren, oedd ar ei ffordd o gyfarfod, wedi gweld Elin yn newid ei hesgidiau yn y cyntedd.

"Mynd ta dod wyt ti?" holodd.

"Ym . . . mynd allan," atebodd Elin.

"Wel, yn ôl pob golwg, rwyt ti wedi anghofio Caswallon," meddai Seren. "Brysia i'w nôl o. Mae 'na rywun sy'n casáu cŵn yn dod i ngweld i pnawn 'ma, felly paid â dod â fo'n ôl cyn pump."

"Be fedrwn i wneud?" meddai Elin wrth Swyn wrth i'r ddwy, a'r ci, gerdded i lawr y stryd. "Fedrwn i ddim dweud 'na' wrth Seren. Ro'n i'n meddwl bod Gloria am fynd â fo allan, ond mi ddiflannodd ar yr union eiliad yna."

"Mae hynna'n swnio'n union fel Gloria," chwarddodd Swyn. "Ond dim ots. Dydi o'n ddim trafferth, nag ydi? Ac mae o wrth ei fodd yn cael bod allan."

A dweud y gwir, roedd Caswallon yn hapus

iawn. Doedden nhw ddim yn mynd i gyfeiriad y parc, ac roedd hynny'n rhywbeth anarferol iawn. Roedd o'n mwynhau ei antur newydd, a bywiogodd drwyddo gan drotian i lawr y ffordd a dal ei ben yn uchel fel petai mewn sioe gŵn. Roedd ei weld yn camu'n fras i lawr y stryd yn gwneud i Elin chwerthin.

Yn fuan iawn, roedden nhw'n sefyll y tu allan i'r ganolfan arddangos anferth – ond y peth cyntaf welson nhw oedd arwydd **Dim Anifeiliaid** wrth y fynedfa. "O, na!" llefodd Elin. "Byddai popeth yn iawn tasai Seren heb fy nal i!"

Gwthiodd Swyn hi i gyfeiriad y fynedfa. "Ty'd draw fan hyn," mwmialodd.

Ymunodd Elin â hi wrth gornel yr adeilad. "Be wyt ti'n wneud?" gofynnodd. "Fedra i ddim mynd i mewn, ond mi fedri di – dyma dy docyn di. Cha i ddim gweld y ffilmio, ond does mo'r help. Mi a' i i'r parc. Fedra i ddim mentro mynd â Caswallon yn ôl – mi laddith Seren fi!"

"Paid â bod yn gymaint o gadach llawr!" meddai Swyn. "Mae hi bron yn ddiwedd y dydd, a fydd y swyddogion wrth y drws ddim yn talu fawr o sylw. Ti'm yn cofio dweud dy fod ti'n credu mai bag llaw blewog oedd Caswallon pan welaist ti o am y tro cyntaf? Pam na chariwn ni fo o gwmpas? Fydd neb yn sylwi!"

Chwarddodd Elin. "Allwn ni ddim gwneud hynna!" dywedodd. "Be tasen nhw *yn* sylwi? Maen nhw'n chwilio trwy fagiau pawb wrth y fynedfa!"

"Wel, fedran nhw ddim chwilio trwy hwn," meddai Swyn gan ymuno yn y chwerthin. "Ty'd 'laen. Mi rown ni gynnig arni."

"Wel . . ." meddai Elin yn ansicr gan godi Caswallon yn ei breichiau.

"Gwthia fo fwy o dan dy fraich," meddai Swyn. "Mae'i draed o'n hongian i lawr. Dyna welliant." Camodd yn ôl, ei dwylo ar ei chluniau. "Mae hynna'n iaw– O diar." Roedd Caswallon wedi codi'i ben a dechrau llyfu gên Elin.

"Mae hyn yn anobeithiol," chwarddodd Elin, er gwaetha'i siom. "Wna i byth lwyddo i daflu llwch i'w llygaid nhw."

Edrychai Swyn yn benderfynol. "Gwnei, siŵr, os–" Cydiodd yn nghôt law ysgafn Elin. "Wn i! Lapia hon o'i gwmpas o. Ty'd 'laen. Sylwith neb – mi fyddan nhw'n meddwl dy fod ti braidd yn dew, dyna i gyd." Chwarddodd Swyn wrth weld yr olwg ar wyneb Elin.

"Be 'di'r peth gwaethaf allan nhw ei wneud?" gofynnodd. "Dy daflu di allan. Dyna'r cwbl. Ac os digwyddith hynny, mi ddo i efo ti. Ty'd, mi fydd o'n sbort. Dydan ni ddim yn gwneud unrhyw ddrwg i neb. Wnaiff Caswallon ddim codi cywilydd arno fo'i hun – mi fydd o ar dennyn."

"Wel . . ."

"Mi faswn i'n cynnig ei gario fo, ond mae o'n dy nabod di'n well," meddai Swyn. "Mi awn ni fraich yn fraich, ac mi wna i estyn y tocynnau. Ti oedd eisio i mi anghofio am fy mhroblemau – i ffwrdd â ni, felly!"

Allai Elin ddim peidio â chwerthin, er ei bod yn poeni y byddai'r swyddogion casglu tocynnau'n eu dal. "Ro'n i'n arfer meddwl dy fod ti'n hogan gall!" meddai.

"Mi ydw i fel arfer," dywedodd Swyn. "Faswn i byth wedi awgrymu dod â Caswallon efo ni dim ond er mwyn trio'r tric yma . . . ond rydan ni yma rŵan, ac mi fyddai'n biti gorfod rhoi'r ffidil yn y to. Ac mae'r Sioe yn gorffen fory, tydi?"

Edrychodd Elin ar yr arwydd enfawr y tu allan i'r neuadd arddangos. "Ydi. Ond heddiw maen nhw'n ffilmio."

"Wel, dyna ni. Ty'd. Os na lwyddwn ni, fydd dim gwahaniaeth. Awn ni i'r parc ac mi bryna i hufen iâ i ti . . . os na fydd hi'n bwrw glaw. Os bydd hi, mi awn ni i gaffi a chlymu Caswallon y tu allan."

"Fedrwn i byth wneud hynny! Byddai Seren yn cael *ffit*! Dychmyga petai rhywun yn ei ddwyn o! Fyddai hi byth yn maddau i mi!"

Rhoddodd Elin fwythau i Caswallon drwy'i chôt. "Iawn, rown ni gynnig arni. Dim ond gobeithio na fydd Mam yn clywed gair am hyn. Mi fyddai hi bron mor wallgof â Seren."

Gwenodd Swyn. "Ddyweda i ddim gair os na wnei di. Rŵan, rho Cas dan dy fraich ac mi wna innau gau botymau dy gôt i'w guddio fo."

Erbyn iddyn nhw gau botymau'r gôt, roedd y ddwy'n chwerthin yn afreolus. "Ti'n edrych yn feichiog," meddai Swyn wrth gamu'n ôl i edrych ar Elin.

"Wel, diolch yn dalpau!" ebychodd Elin. "Ty'd, wir. Wnaiff o ddim aros yn llonydd am yn hir."

"Iawn. I ffwrdd â ni."

Brysiodd y ddwy ferch tuag at y fynedfa. Roedd Swyn yn iawn – roedd y ddau swyddog yn rhy brysur yn sgwrsio i ddangos fawr o ddiddordeb ynddyn nhw. Cymerodd un y tocynnau, a chael cip sydyn ym mag Swyn, cyn chwifio'r merched drwy'r giatiau diogelwch gan ddal i sgwrsio'n brysur. Yn fuan iawn, roedd Elin, Swyn a Caswallon y tu mewn a'r merched yn gwneud eu gorau i beidio chwerthin.

"Ble mae'r harbwr ffug 'ma efo'r cychod a dŵr go iawn 'ta?" gofynnodd Swyn.

"Dim syniad," atebodd Elin. "Yn yr harbwr maen nhw'n ffilmio, ond does dim byd ond stondinau marchnata yn fan hyn."

Roedd hi yn llygad ei lle – o'u blaen roedd rhesi ar resi o stondinau, yn gwerthu pob math o offer morwrol. Edrychai rhai o'r stondinau'n hynod ddiflas, gyda llwyth o declynnau oedd yn golygu affliw o ddim i Elin a Swyn. Ond roedd rhai'n sicr yn apelio mwy, fel y stondin oedd yn gwerthu bŵts ac esgidiau hwylio lliwgar.

"'Drycha ar y bŵts 'ma a thrywsus yn rhan ohonyn nhw!" gwichiodd Elin. "Yli, bresys sy'n eu dal nhw i fyny."

"Welaist ti erioed rai tebyg o'r blaen?" gofynnodd Swyn.

Ysgydwodd Elin ei phen. "Waw! Am sbectolau haul cŵl!" ebychodd.

"Pwylla," dywedodd Swyn gan gau coler côt Elin yn dynnach o gwmpas ei gwddf. "Mae trwyn Caswallon yn y golwg."

"Wela i ddim bai arno fo am sniffian," meddai Elin. "Mae'n siŵr fod 'na bob math o arogleuon newydd, diddorol yma. Ac mae hi'n gynnes – mae o'n teimlo fel potel dŵr poeth!"

"'Drycha!" meddai Swyn. "Dwi wastad wedi bod eisio rhoi cynnig ar un o'r rheina."

Brasgamodd at stondin gyfagos oedd yn rhoi cyfle i bobl roi cynnig ar hwylfyrddio ar dir sych. Dilynodd Elin hi'n bwyllog. Teimlai'n boeth iawn, ac roedd clywed Caswallon yn anadlu'n swnllyd yn gwneud iddi amau ei fod yntau'n teimlo 'run fath. Llaciodd ei choler unwaith eto, a gwthiodd yntau ei drwyn bach du allan o dan ei gên. Edrychai'n ddigon hapus, a gallai Elin deimlo'i gynffon yn ysgwyd yn erbyn ei stumog.

Roedd Swyn yn sgwrsio efo dyn y stondin hwylfyrddio, ac yntau'n amlwg yn ei hannog i gael tro. Griddfanodd Elin. Roedd yr arddangosfa'n sicr yn rhoi gwên ar wyneb Swyn, ond roedd Elin yn hen barod i eistedd i lawr. Er mai dim ond ci bach oedd Caswallon, roedd o'n teimlo'n drymach bob munud . . . a theimlai Elin yn boethach a phoethach.

Er mwyn ceisio anghofio'i hanesmwythyd, dechreuodd Elin gerdded yn araf heibio rhai o'r stondiau eraill. Doedd hi ddim eisiau colli Swyn, ond allai hi ddim sefyll yn ei hunfan am eiliad arall. A ph'run bynnag, dylai fynd i chwilio am set y fideo gerddoriaeth, neu byddai'n colli'r cyfle i weld Maia Toncin yn gwisgo un o ffrogiau Aneurin. Crwydrodd i lawr un ochr y rhes, gan fynd heibio i nifer o stondinau oedd yn gwerthu pob math o wasanaethau o ddiddordeb i forwyr. Roedden nhw i gyd yn hynod ddiflas, ym marn Elin, a phan gyrhaeddodd ben y rhes trodd yn ei hôl.

Doedd y stondinau gyferbyn yn ddim gwell – cwmnïau'n gwerthu fflatiau a thai gyda lle i angori cwch, llwyth o offer oedd yn golygu dim i Elin, a chyrsiau i ddysgu sut i hwylio.

Yna, drwy gornel ei llygad, gwelodd Elin rywbeth cyfarwydd. I ddechrau, doedd ganddi ddim syniad beth oedd wedi dal ei sylw, ond cafodd ei denu at un stondin fechan. Yno, roedd taflenni lliwgar yn hysbysebu llefydd angori oedd ar werth mewn marina 'amgen'. Roedd yno gwpwl o gadeiriau cyfforddus hefyd, lluniau o'r marina, a nifer o addurniadau oedd yn gwneud i'r stondin edrych yn fwy deniadol. Yng nghefn y stondin, gosodwyd lamp fawr ger bwrdd isel lle roedd powlen o gnau. Yn y gornel arall roedd potyn crochenwaith yn llawn o fathau gwahanol o wair sych.

Rhythodd Elin ar y potyn. Cyn iddi gyfarfod Swyn, doedd Elin ddim yn gallu dweud y gwahaniaeth rhwng un potyn a'r llall, ond roedd rhywbeth cyfarwydd ynghylch hwn. Nododd rif y stondin a brysio'n ôl at Swyn. Roedd hi'n dal i hwylfyrddio, ei hwyneb yn goch, ac edrychai wrth ei bodd. Pan welodd Elin, chwifiodd ei braich a bu bron iddi ddisgyn oddi ar y bwrdd. Ond yna, ychydig funudau'n ddiweddarach, dringodd oddi ar yr hwylfwrdd ac ymuno ag Elin.

"Dwi ddim wedi cael cymaint o hwyl â hynna ers oes pys!" ebychodd. "Bydd raid i mi roi cynnig ar hwylfyrddio y tro nesaf yr a' i i lan y môr."

"Anghofia hynna," meddai Elin yn ddiamynedd. "Ty'd i edrych ar hwn!"

"Be?" gofynnodd Swyn. "Dal sownd. Paid â mynd mor gyflym. Dwi'n teimlo braidd yn sigledig rŵan fod fy nhraed i'n ôl ar y ddaear."

Cariodd Elin yn ei blaen nes cyrraedd y stondin a sefyll yn stond. "Ti'n cofio mod i wedi addo peidio dweud y gair P.O.T.I.A.U. heddiw?"

"Ydw!" chwarddodd Swyn. "Ond rwyt ti newydd wneud!"

Ddywedodd Elin 'run gair, dim ond pwyntio at yr arddangosfa drawiadol o wair yng nghefn y stondin. Edrychodd Swyn ac ebychu'n uchel, "Fy mhotyn i!"

O fewn dim, roedd Swyn yn penlinio ar y llawr ac yn anwesu'r potyn glas, ei hwyneb yn bictiwr. "Fi biau hwn! Alla i ddim credu'r peth! Wyddwn i ddim ei fod o wedi cael ei werthu!"

"Ro'n i'n amau mai dy waith di oedd o," meddai Elin gan deimlo'n falch ohoni'i hun am sylwi arno.

"Rhaid bod yr oriel wedi'i werthu o ar fy rhan i," meddai Swyn. "Mae o'r un fath yn union â'r un dwi'n ei gadw yn y stafell bost. O Elin, fedra i ddim credu'r peth!"

Daeth dyn i'r golwg o'r stondin drws nesaf. "Alla i eich helpu chi?" gofynnodd, a golwg ddryslyd arno.

Llamodd Swyn ar ei thraed tra ceisiodd

Elin symud Caswallon i fan mwy cyfforddus. "Wel, fi wnaeth y potyn yma . . . crochenydd ydw i," eglurodd Swyn. "Tybed wyddoch chi pwy sy wedi'i brynu fo?"

"O. Dwi'n gweld. Ro'n i'n methu deall be oeddech chi'n ei wneud. Fel arfer, eisio gweld y taflenni mae pobol, yn hytrach na'r addurniadau." Oedodd. "Marc Caradog biau'r crochenwaith – a'r marina hefyd. Dim ond wedi picio i nôl paned mae o – mi fydd yn ei ôl toc. Fi sy'n cadw llygad ar ei stondin o." Edrychodd ar Elin ac yna'n ôl ar Swyn. "Fyddai eich ffrind yn hoffi eistedd i aros amdano fo? Mae hi'n edrych yn flinedig . . . hoffech chi ddiod bach o ddŵr?" gofynnodd i Elin.

Byddai Elin wedi hoffi eistedd, ond ofnai y byddai'n dechrau chwerthin eto. Gan fod Caswallon braidd yn aflonydd, cydiodd Elin yn dynnach yn ei chôt. "Mae'n iawn, diolch," meddai wrth y dyn. "Mi a' i i chwilio am yr harbwr tra mae Swyn yn aros. Wyddoch chi ble mae o? Maen nhw'n ffilmio yno ar hyn o bryd."

"Hoffech chi fenthyg hwn?" gofynnodd y dyn gan gynnig map o'r Sioe iddi. "Ewch i lawr y ffordd 'cw, troi i'r dde ac i'r dde eto. Anelwch am y mastiau." Pwyntiodd i'r awyr, a gwelodd Elin glwstwr o fastiau'n siglo uwchben y stondinau. "Dach chi'n siŵr eich bod chi'n teimlo'n iawn?" holodd.

"Ydw, diolch," atebodd hithau'n gyflym. "Dwi am fynd i chwilio am Maia Toncin," dywedodd wrth Swyn. "Anfona decst ata i pan wyt ti'n barod."

"Ti'n sicr?"

"Bendant!" Rhuthrodd Elin oddi wrth y dyn cyfeillgar a'r stondin, gyda Caswallon yn codi'n uwch ac yn uwch wrth iddi fynd. Roedd hi'n amlwg bod y dyn druan yn meddwl ei bod hi'n feichiog! Roedd o wedi bod yn hynod garedig, a doedd Elin ddim am iddo feddwl ei bod hi'n chwerthin am ei ben. Prysurodd tuag at yr harbwr. Gyda lwc, byddai'n cyrraedd cyn i'r criw ddechrau ffilmio, ac efallai y gallai ddod o hyd i gornel dawel i eistedd a gwylio nes byddai Swyn yn barod.

Wrth i Elin fynd yn ei blaen yn meddwl am Swyn a'i chrochenwaith, y cychod, a pha mor braf fyddai cael eistedd, ddigwyddodd rhywbeth erchyll. Yn sydyn, dechreuodd Caswallon wingo fel rhywbeth gwirion. Llithrodd allan o freichiau Elin ac o dan ei chôt gan lanio'n swp wrth ei thraed. A chyn i Elin gael cyfle i gydio ynddo, roedd o wedi carlamu i ffwrdd, ei dennyn yn chwifio y tu ôl iddo.

Ty'd yn ôl, Caswallon!

Wrth iddi deimlo Caswallon yn llithro gwnaeth Elin ei gorau glas i ddal ei gafael ynddo, ond doedd ganddi ddim gobaith. Cyn iddi allu cydio yn ei dennyn, roedd o wedi carlamu i ffwrdd. Rhuthrodd Elin ar ei ôl, ond roedd y rhan yma o'r neuadd arddangos yn brysur iawn, ac er bod Caswallon yn gallu gwibio'n rhwydd rhwng coesau pobl roedd Elin yn gorfod dweud "Esgusodwch fi" a cheisio peidio digio neb.

Roedd calon Elin yn teimlo fel petai ar fin

ffrwydro, ac roedd hi mor bryderus a phoeth nes ofni y byddai'n llewygu. Ond stryffaglodd yn ei blaen, yn benderfynol o beidio â cholli ci Seren. Allai hi ddim mentro mynd yn ôl i'r swyddfa hebddo. A beth petai rhyw swyddog yn ei ddal, a'i roi mewn cartref cŵn? Neu rywun yn ei herwgipio? Fyddai o ddim yn ei amddiffyn ei hun. Doedd o ddim y math o gi oedd yn brathu pobl – roedd o'n meddwl bod pawb yn ffrind.

Dyma'r tro cyntaf i Elin boeni am herwgipwyr cŵn. Ond wedyn, doedd hi erioed wedi colli Caswallon o'r blaen. Tueddai Seren i'w gario o dan ei braich fel bag llaw; wel, weithiau roedd pobl yn dwyn cŵn yn unswydd er mwyn eu troi'n fagiau llaw. Roedd Elin wedi gweld rhaglen am y peth flynyddoedd yn ôl, a chafodd hunllefau am nosweithiau wedyn. Roedd Seren yn ymddiried yn llwyr ynddi i ofalu am Caswallon, a rŵan roedd Elin wedi difetha popeth.

Wrth i Elin wau ei ffordd rhwng dau ddyn mawr mewn capiau hwylio, cafodd gip sydyn ar fastiau tal yn siglo yn yr awyr. Roedd cychod yn bobian ar y dŵr a gwylanod yn sgrechian uwchben. Teimlai fel petai haul poeth yn tywynnu, gan wneud iddi deimlo'n chwil – ond roedd hynny'n od, achos gwyddai Elin ei bod hi dan do. Gallai weld wal yr harbwr efo rhes o dai wedi'u peintio mewn lliwiau pastel yr ochr bellaf iddi. Roedd caffi prysur gerllaw, a'r byrddau awyr agored wedi'u boddi mewn heulwen. Teimlai popeth yn afreal. Roedd rhywbeth o'i le ar y darlun, ond doedd Elin ddim yn sicr beth oedd o. Yn sydyn, cafodd gip ar gi bach yn tuthio ar hyd wal yr harbwr. Ceisiodd weiddi arno, ond roedd ei phen yn troi, a'r mastiau, y gwylanod sgrechlyd a'r bobl wrth fyrddau'r caffi'n dechrau troi'n niwlog. Teimlodd Elin ei choesau rhoi oddi tani. Llewygodd.

Daeth Elin ati'i hun ymhen eiliad neu ddwy wrth i ddynes afael ynddi i'w harbed rhag syrthio. Roedd cwpwl o weinyddion y caffi'n cadw pobl draw er mwyn i Elin gael awyr iach.

Ceisiodd godi ar ei heistedd, ond gwthiodd y ddynes hi'n ôl i lawr. "Paid ag ymladd yn fy erbyn i," meddai mewn llais caredig. "Meddyg ydw i. Ti'n lwcus mod i yma. Ro'n i'n gallu gweld dy fod ti ar fin llewygu, ac yn poeni rhag ofn i ti fwrw dy ben wrth gwympo. Diolch byth, mi lwyddodd dwy ohonon ni i dy ddal di mewn pryd."

"Diolch, ond dwi'n iawn," dywedodd Elin. "Rhy boeth o'n i."

Helpodd y meddyg hi i dynnu'i chôt, a daeth rhywun â diod o ddŵr oer iddi. Roedd hi'n poeni am Caswallon drwy gydol yr amser, ond yn ofni cyfaddef ei bod wedi dod â chi i'r Sioe.

"Diolch yn fawr i chi am fy helpu i," dywedodd wedi i gwpwl o funudau gwerthfawr fynd heibio. "Ond dwi'n teimlo'n iawn rŵan."

"Paid â brysio i symud," meddai'r meddyg. "Eistedda am ychydig a mwynhau'r olygfa."

Edrychodd Elin draw eto ar yr harbwr a'r rhes o dai. Y tro hwn, sylweddolodd nad tai go iawn oedden nhw wedi'r cwbl, ond cefnlen a beintiwyd yn arbennig fel cefndir i harbwr bach artiffisial y Sioe Gychod. Goleuadau gwyn llachar oedd yr haul, ac wedi'i recordio roedd sŵn sgrechian y gwylanod. Rhith wedi'i greu'n arbennig ar gyfer yr arddangosfa oedd y rhan fwyaf o'r harbwr. Roedd y dŵr mewn tanc enfawr a suddwyd yn y llawr, a chlymwyd ychydig o gychod go iawn i wal yr harbwr ffug. Er bod y llawr o dan ei thraed yn edrych fel palmant, sylweddolodd Elin mai llawr artiffisial oedd o, efo blodau go iawn yn y potiau blodau ger wal yr harbwr, er mwyn ychwanegu at y rhith. Edrychai popeth yn hyfryd, ond roedd Elin yn poeni am y cip o Caswallon gafodd hi cyn llewygu. Fo oedd yno mewn gwirionedd, neu oedd hi wedi dychmygu'r cwbl? A sut goblyn roedd hi'n mynd i ddod o hyd iddo fo? Gallai fod yn unrhyw le erbyn hyn.

Roedd yn rhaid iddi gael gafael ar Swyn. Doedd hi ddim eisiau torri ar ei thraws, ond roedd hyn yn argyfwng. Estynnodd Elin ei ffôn ac anfon tecst ati. *Dwi yng nghaffi'r Harbwr Hyfryd. Fyddi di'n hir?*

Daeth tecst yn ôl bron yn syth. *Wedi gorffen. Mae arna i ddyled i ti!!!! Mi fydda i yna mewn chydig funudau.*

Ochneidiodd Elin mewn rhyddhad. Byddai Swyn yn gwybod beth i'w wneud, a byddai'r meddyg caredig yn fwy tebygol o adael iddi fynd petai ganddi gwmni. "Mae fy ffrind ar ei ffordd draw," eglurodd wrthi. "Diolch yn fawr am ofalu amdana i, ond mi fydda i'n iawn rŵan. Dydw i byth yn llewygu fel arfer."

Gwenodd y meddyg. "Dwi'n falch o glywed, a dwi'n sicr y byddi di'n iawn. Ond os byddi di'n llewygu eto, mi ddylet fynd i weld meddyg. Mae hi'n glòs a thrymaidd yma, ac roeddet ti'n llawer rhy boeth yn y gôt 'na."

"Wn i," dywedodd Elin. "Ddylwn i ddim fod wedi'i gwisgo hi." Yna gwelodd Swyn yn agosáu, a chododd ei llaw. "Dyma fy ffrind. Diolch eto am bopeth."

Arhosodd y meddyg i Swyn gyrraedd, yna gadawodd gan chwifio'i llaw'n gyfeillgar ar y ddwy. "Af i 'te. Hwyl. Mwyhewch weddill y diwrnod. Cymer ofal, Elin."

Eisteddodd Swyn yn y gadair ar bwys Elin a chydio yn y fwydlen. "Ddrwg gen i mod i wedi bod mor hir, ond dwi wedi cael yr amser mwyaf rhyfeddol! Chredi di byth . . . dwi wedi cwrdd â Marc Caradog! Ac mae o eisio prynu rhagor o ngwaith i! Dwi mor ddiolchgar i ti, Elin . . . Elin? Be sy'n bod?"

Gallai Elin deimlo'r dagrau'n llifo i lawr ei bochau a chododd ei llaw i'w sychu. "Dwi wedi colli Caswallon!" llefodd.

"O, Elin! Dwi'n hen het wirion!" ebychodd Swyn. "Dwyt ti ddim yn gwisgo dy gôt, a wnes i ddim hyd yn oed sylwi. Be ddigwyddodd? Ble roeddet ti? Pryd digwyddodd hyn?"

Allai Elin ddim rhwystro'i dagrau rhag llifo.

"Ty'd rŵan, Elin," meddai Swyn gan roi ei braich o gwmpas ei ffrind. "Ddown ni o hyd iddo fo. Fy mai i ydi hyn. Ddylwn i byth fod wedi dy annog di i'w smyglo fo i mewn yma. Gad i ni feddwl . . . Rhaid bod 'na uchelseinydd yma. Rown ni neges arno fo'n gofyn i bobl gadw llygad allan am Caswallon."

"Ond . . . dydi o ddim i *fod* yma!" llefodd Elin.

"Gad i mi boeni am hynny. Lle oeddet ti pan ddiflannodd o? Chwiliwn ni amdano fo'n hunain i ddechrau. Os methwn ni, drefnwn ni gyhoeddiad. Mi fydd popeth yn iawn, gei di weld."

Er bod Swyn yn swnio'n hyderus, roedd Elin yn sicr mai ceisio codi'i chalon drwy fod yn bositif oedd hi. Roedd yn annhebygol y bydden nhw'n dod o hyd i gi bach mewn tyrfa mor fawr.

Sychodd Elin ei dagrau unwaith eto a meddwl yn galed. "Dwi'n credu mod i wedi'i weld o'n rhedeg draw fan'cw," dywedodd gan bwyntio at y cychod wrth wal yr harbwr. Roedd llwythi o bobl yn edmygu'r cychod yno, felly roedd yn anodd gweld dim.

"Wir?" Swniai Swyn yn amheus. "Wel, gad i ni wahanu – dos di'r ffordd acw, ac mi a' innau'r ffordd yma. Gwrddwn ni'n ôl yn fan'ma mewn chwarter awr."

"Iawn."

Cododd y ddwy a rhoddodd Swyn y fwydlen yn ôl ar y bwrdd. "Pan ddown ni o hyd iddo fo, mi bryna i'r gacen fwya'n y caffi i ti!" meddai gan geisio swnio'n hwyliog. Yna edrychodd yn bryderus ar Elin. "Wyt ti'n iawn? Ti'n llwyd ofnadwy."

"Dwi'n iawn," atebodd Elin. Doedd hi ddim eisiau gwastraffu rhagor o amser wrth egluro ei bod wedi llewygu. "Wela i di mewn chwarter awr."

Diflannodd Swyn i'r dyrfa ac anelodd Elin am wal yr harbwr, gan mai dyna lle y credai ei bod wedi gweld Caswallon ddiwethaf. Roedd o wedi arfer treulio llawer o amser yn eistedd yn dawel yn ei fasged yn y swyddfa. Tybed oedd hynny'n golygu y byddai'n chwilio am le bach tawel iddo fo'i hun, neu fyddai o'n dal i garlamu o gwmpas y lle'n mwynhau'i ryddid? Ar un llaw, roedd yn beth da fod ei dennyn yn chwifio tu ôl iddo. Gallai rhywun sefyll arno a'i ddal, ond beth petai'r tennyn yn clymu o gwmpas rhywbeth? Roedd coesau Caswallon mor fyr a thenau, ac roedd yn gas ganddi feddwl amdano'n cael dolur.

Gwthiodd ei ffordd drwy'r dyrfa gan geisio edrych ar y llawr, er mor anodd oedd hynny. Byddai'n debygol o faglu dros Caswallon cyn ei weld.

Cerddodd heibio'r cychod yn bobian ar y

dŵr. Roedd yno nifer o ddingis a dau gwch mwy o faint – cwch caban hynod cŵl oedd un ohonyn nhw. Er bod y llall yn debyg i gwch pysgota, doedd dim offer ar y bwrdd llydan ac roedd hi'n amlwg mai cwch pleser oedd o mewn gwirionedd. Edrychodd Elin i lawr ar un o'r dingis a saethodd ias drwyddi. Doedd hi wir ddim eisiau meddwl am y posibilrwydd y gallai Caswallon fod wedi disgyn oddi ar wal yr harbwr . . .

Chwiliodd yn fanwl o gwmpas yr harbwr cyn cerdded yn ôl tuag at y caffi. Roedd nifer o fwytai o gwmpas yr harbwr, a chwiliodd o dan bob bwrdd a chadair. Yn ffodus, roedd pobman yn weddol wag yr adeg yma o'r dydd. O'r diwedd, cyrhaeddodd yn ôl yng nghaffi'r Harbwr Hyfryd ac eistedd wrth un o'r byrddau. Doedd ganddi ddim syniad ble roedd Caswallon. Byddai'n rhaid iddyn nhw gyfadde'r gwir a gobeithio bod *rhywun* wedi ei weld.

O fewn munud neu ddau, gwelodd Swyn

yn cerdded tuag ati, yn ysgwyd ei phen. "Does dim sôn amdano fo yn unman," meddai. "'Drycha – mae 'na lwythi o bobl draw wrth y tai acw, a goleuadau ac offer o bob math. Mae'n rhaid mai dyna lle maen nhw'n ffilmio Maia Toncin."

"Ia, mae'n siŵr," meddai Elin mewn llais fflat. "Ro'n i i fod yno, yn eu gwylio nhw'n saethu'r fideo." Meddyliodd Elin tybed a ddylai hi drio gwthio'i ffordd drwy'r dyrfa er mwyn gallu gweld ond, efo Caswallon ar goll, roedd hi wedi colli pob diddordeb mewn bod yn newyddiadurwraig. Doedd dim byd yn bwysig ond ei gael o'n ôl yn ddiogel.

"Dwi wedi bod yn holi o gwmpas rhai o'r stondinau a rhoi fy rhif ffôn iddyn nhw," dywedodd Swyn gan wneud ei gorau i helpu. "Maen nhw wedi addo anfon tecst i mi os gwelan nhw fo." Ochneidiodd. "Ble *gall* o fod?"

"Rhaid i ni ddweud wrth un o'r swyddogion," meddai Elin. "Be os ydi o'n sownd yn ei dennyn? Neu wedi brifo? Sut gallwn ni drefnu cyhoeddiad ar yr uchelseinydd, tybed?"

Cymerodd Swyn un cip arall o gwmpas y neuadd. "Rhaid bod 'na ddesg gymorth yn rhywle. Mi ofynna i i un o'r st– O, Elin! 'Drycha!"

"Ble? Wela i ddim byd!" ebychodd Elin.

"Draw yn fan'cw! Welais i o! Roedd o'n cario rhywbeth yn ei geg!"

Cododd Elin ar ei thraed er mwyn gweld yn well ac yna, yn sydyn, gwelodd gi bach yn tuthio'n benderfynol gan gario rhywbeth tebyg i asgwrn yn ei geg. "Cas! Ty'd yma!" llefodd gan wibio ar ei ôl fel sgwarnog. Cafodd un cip sydyn arno, ond bellach roedd o wedi diflannu i ganol tyrfa o bobl oedd ddim mewn unrhyw frys i symud o'i ffordd.

"Cas!"

Cafodd gip arall arno wrth iddi wrthio heibio i griw o ferched canol oed. "Cas!" gwaeddodd. Ond doedd dim pwynt.

Chlywodd y ci bach mohoni. Ac yna, er mawr siom i Elin, dechreuodd redeg yn gyflym cyn diflannu unwaith eto ger pompren y cwch caban.

Wedi'i gornelu

Gwnaeth Elin ei gorau glas i'w ddilyn. Pan gyrhaeddodd y lle diwethaf iddi weld Caswallon, safodd yn stond gan edrych o'i chwmpas am gliw.

"Welsoch chi gi bach yn fan'ma ddau funud yn ôl?" gofynnodd wrth ddyn oedd yn codi taflen oddi ar fwrdd cyfagos. Ysgydwodd yntau ei ben, a gwnaeth Elin ei gorau i beidio crio. Roedd Caswallon yn iawn, cysurodd ei hun. Doedd o ddim wedi brifo, a doedd o ddim yn bell oddi wrthi.

Y cwbl roedd yn rhaid iddi ei wneud oedd cael gafael arno. Tybed ble cafodd o hyd i'r asgwrn oedd yn ei geg? Nid o gegin un o'r caffis, gobeithio!

Daliodd Swyn i fyny gydag Elin a chydio yn ei braich. "Ti wedi'i golli fo eto?"

"Do. Roedd o'n rhedeg yn fan'ma, ond fedrwn i ddim gweld i ble'r aeth o. Ac asgwrn oedd yn ei geg o!"

Roedd merch tua'r un oed â Swyn yn edrych ar y cychod, a thrôdd i siarad efo Elin. "Siarad am y ci bach 'na sy newydd garlamu heibio ydach chi?"

"Ia!" meddai Elin yn eiddgar. "Welaist ti o?"

"Do," chwarddodd y ferch. "Ci bach del iawn, yn mynd am dro efo asgwrn yn ei geg. Dy gi di ydi o?"

"Ia," atebodd Elin, rhag gwastraffu amser yn egluro. "Welaist ti i ble'r aeth o?"

"Roedd o'n trotian heibio'r cychod pan ddaliodd rhywbeth ei sylw," meddai'r ferch gan wenu. "Mi newidiodd ei feddwl a rhuthro ar draws pompren i mewn i un o'r cychod."

"Pa gwch?" gofynnodd Swyn gan edrych ar y cychod mawr ger wal yr harbwr.

"Honna," meddai'r ferch, gan bwyntio at yr un a edrychai fel cwch pysgota. "A welais i mohono fo'n dod oddi yno."

"Llawer o ddiolch!" meddai Swyn gan wenu'n hapus.

Ruthrodd y ddwy tuag at y bompren, ond roedd giât yn eu rhwystro rhag mynd gam ymhellach. Roedd Elin yn gwybod y byddai Caswallon wedi medru sleifio'n hawdd rhwng y bariau, ond doedden nhw ddim yn gallu gwneud hynny. Ac i wneud pethau'n waeth, roedd arwydd mewn llythrennau coch yn hongian ar y giât: *DIM MYNEDIAD*. Doedd neb o gwmpas i'w helpu, ac ysgydwodd Elin y giât yn rhwystredig.

"Ro'n i'n meddwl bod hawl gan bobl i fynd ar y cychod," meddai. "Mae 'na rai'n cerdded o gwmpas y llall."

"Paid â phoeni," meddai Swyn. "Mi a' i i chwilio am rywun i'n helpu ni. Aros di yma rhag ofn i Caswallon redeg oddi ar y cwch. Rydan ni wedi'i gornelu o – aiff o ddim ymhell."

Rhuthrodd Swyn i ffwrdd, a setlodd Elin i lawr i aros a gwylio. Cafodd fraw wrth edrych ar ei horiawr – roedd hi wedi troi pump o'r gloch! Roedd Seren yn siŵr o fod yn barod i fynd adref ac yn methu deall lle roedd Elin a Caswallon!

Edrychodd Elin o'i chwmpas, ond doedd dim golwg o Swyn. Roedd hyn yn erchyll! Roedd yn rhaid iddi fynd â Caswallon yn ôl at ei feistres – ar unwaith. Ysgydwodd y giât unwaith eto a sylweddoli nad oedd wedi'i chloi, dim ond ei chau â chlicied. Gallai gerdded drwyddi a chwilio am Caswallon ar y cwch – cyn belled â bod neb yn ei gweld. Edrychodd o'i chwmpas, ond doedd dim golwg o unrhyw un mewn awdurdod. Agorodd Elin y giât – cyn iddi gael traed oer

– a sleifio drwyddi'n gyflym. Doedd dim troi'n ôl i fod bellach!

Cerddodd i fyny'r bompren gan ddisgwyl i rywun weiddi arni a mynnu ei bod yn troi'n ôl. Ond wnaeth neb. Llamodd oddi ar y bompren ac i mewn i'r stafell lywio yng nghefn y cwch. Dechreuodd y cwch fobian yn y dŵr, a bu bron i Elin faglu oherwydd y symudiad annisgwyl.

Roedd y cwch yn hyfryd. Gallai Elin ddychmygu'i hun yn bolaheulo ar y bwrdd, a rhyw seren golygus o fyd y ffilmiau'n eu llywio tuag at y machlud. Ond nid dyma'r amser i freuddwydio. Roedd angen iddi ddod o hyd i Caswallon . . . ar frys! Camodd i lawr gris neu ddau er mwyn gallu gweld i mewn i'r caban. A dyna lle roedd o! Ond doedd Caswallon ddim ar ei ben ei hun. Rhythodd Elin ar yr olygfa o'i blaen . . . allai hi ddim credu'i llygaid!

"Caswallon!"

Eisteddai ci bach Seren Maelor wrth draed

rhyw ddynes . . . dynes roedd Elin yn ei hadnabod. Roedd hi'n cydio yn ei goler ac yn edrych ar y tag . . . yn union fel roedd Elin wedi'i wneud efo'i chi *hi* yn y parc beth amser yn ôl. Doedd dim golwg o'r ddau gi bach, chwaith. Rhaid bod Bwystfil a Cawr wedi aros adref – lle dylai Caswallon fod.

Edrychodd y ddynes ar Elin fel petai hithau'n methu credu'r peth. "Mae'n edrych yn debyg dy fod ti wedi colli dy gi," meddai o'r diwedd. "Pan welodd o fi, mi ruthrodd i fyny'r bompren."

"Rhaid ei fod o wedi'ch adnabod chi," meddai Elin yn dawel. "Fel finnau." Er ei bod wedi cael sioc, teimlai ryddhad mawr ei bod wedi dod o hyd i Caswallon yn ddiogel efo perchennog Bwystfil a Cawr. "Mi gwrddon ni yn y parc," meddai, ond roedd yn amlwg nad oedd angen iddi atgoffa'r ddynes.

"Dwi'n cofio," meddai'r ddynes. "Ci dy fòs ydi o, yntê?"

Nodiodd Elin. "Dwi'n gweithio i *Calon* . . ."

"Y cylchgrawn," torrodd y ddynes ar ei thraws. "Wn i. Ddrwg gen i mod i wedi gorfod rhuthro i ffwrdd y tro diwetha i ni weld ein gilydd. Ro'n i'n teimlo braidd yn ddigywilydd, ond . . ."

"Ro'n i'n meddwl ei fod o'n beth od," meddai Elin yn onest. "Ond ro'n i'n meddwl . . . ella'ch bod chi'n adnabod Harri Daniels!" ychwanegodd cyn gallu rhwystro'i hun. "A'ch bod chi ddim am i mi wybod hynny."

Wrth iddi siarad, cerddodd rhywun arall drwy'r drws mewnol – dyn ifanc ychydig yn hŷn nag Elin. Roedd wedi clywed yr hyn ddywedodd hi, a chwarddodd. Edrychodd y ddynes yn daer arno a dweud "Nac ydw". Yr un pryd yn union, dywedodd y bachgen, "Ydi."

Trodd y ddynes yn ddig at y bachgen. "Paid, Daniel," meddai.

"Mae'n iawn," meddai yntau. "Does dim ots bellach."

Edrychodd Elin o un i'r llall, ond doedd yr

un ohonyn nhw'n fodlon.ymhelaethu. Roedd dod o hyd i Caswallon efo'r ddynes roedd hi wedi gobeithio'i gweld yn y parc yn deimlad rhyfedd, ac yn sydyn teimlai Elin yn ddigon hyderus i holi rhagor.

"Mi ddarllenais i fod gan Harri Daniels ddau gi erstalwm," meddai wrth y bachgen. "Eu henwau oedd Cnaf a Cawr."

Roedd y bachgen yn amlwg wedi cael ei synnu, ond gwenodd ar Elin. "A be ydi dy bwynt di . . ?" holodd.

"Wel," atebodd Elin. "Ella bod Cnaf wedi marw. Os felly, mae'n ddrwg gen i, ond mae Cawr yn dal i fod gynnoch chi, yn tydi? Roedd Caswallon yn arfer chwarae efo fo a Bwystfil tan . . ."

Siglodd y cwch yn ysgafn unwaith eto, ac roedd Elin yn gobeithio bod Swyn wedi cyrraedd. Yn anffodus, nid Swyn oedd yna ond dyn yn gwisgo bathodyn i ddangos ei fod yn gweithio i gwmni Cychod Cain Cyf. Edrychai'n bryderus a dig.

"Ddrwg gen i," meddai wrth y ddynes. "Dwi'n gwybod nad oeddech chi'n awyddus i neb darfu arnoch chi. A' i â'r ferch ifanc a'r ci o'ma'n syth."

"NA!" gwaeddodd Elin.

Rhythodd pawb arni. "Mae'n wir ddrwg gen i," meddai wrth y ddynes a'r dyn ifanc. "Mi a' i mewn eiliad, a dwi'n ymddiheuro mod i a'r ci wedi tarfu arnoch chi . . ." Petrusodd. "Doedd gen i ddim syniad y byddech chi yma . . . ond rydach chi . . . a dwi wedi bod yn chwilio am Harri Daniels ers hydoedd. Dwi wedi holi'r cyhoeddwr a'r asiant . . . wedi chwilio drwy filoedd o wefannau . . . ac wedi holi mewn siop lyfrau a llyfrgell. Ro'n i *mor* awyddus i siarad efo chi yn y parc," meddai wrth y ddynes, "ond gan eich bod chi wedi rhoi'r gorau i ddod yno, doedd gen i ddim dewis ond rhoi'r ffidil yn y to. A finnau wedi gweithio mor galed . . ."

"Ac rwyt ti wedi gwneud mor dda!" meddai Daniel. "Wir yr."

Rhoddodd y ddynes ei llaw ar ei fraich, ond gwthiodd hi i ffwrdd yn ysgafn. "Mae popeth yn iawn, Mam," meddai. "Wir. Does dim ots gen i rhagor." Gwenodd ar y dyn â'r bathodyn. "Mae croeso iddi hi aros," meddai gan edrych ar ei fam. Gwenodd hithau a nodio.

"Be am y ci?"

"Gymera i'r ci."

Trodd pawb wrth glywed y llais, a gweld Swyn yn sefyll yn y drws. Chlywodd neb mohoni'n camu'n dawel ar fwrdd y cwch. "Ty'd â Caswallon i mi, Elin. Mi a' i â fo'n ôl i'r swyddfa. Wedi'r cwbl, mae arna i ffafr i ti." Edrychodd ar y swyddog. "Fy mai i ydi ei fod o yma'n y lle cynta, felly os hoffech chi fy hebrwng i oddi ar y safle, cariwch mlaen."

Cododd Elin dennyn Caswallon a'i roi yn llaw Swyn. Gwenodd hithau ar Elin. "Paid â phoeni," meddai. "Sonia i ddim gair am hyn wrth neb. Mae gen ti ddigon ar dy blât yn fan hyn. Wela i di fory."

"Diolch, Swyn!" Wyddai Elin ddim beth ar y ddaear fyddai Swyn yn ei ddweud wrth Seren. Ond byddai'n sicr o gael yr hanes i gyd – er nad oedd yn edrych mlaen at hynny. Gobeithiai na fyddai Swyn yn cael gormod o stŵr gan Seren.

Ar ôl i Swyn, Caswallon a'r swyddog fynd, safodd Elin yng nghaban y cwch yn pendroni beth ddylai hi ei ddweud nesaf. Cododd y ddynes a chau'r drws. Yn sydyn, roedd pobman yn dawel iawn.

"Felly," meddai Daniel gan wenu. "Dweda'r cyfan wrthon ni – be wyt ti'n ei wybod a sut – ac mi ddyweda i wyt ti'n iawn ai peidio."

Dadlennu

"Iawn," meddai Elin. "Ddyweda i'r cyfan, ond does dim llawer i'w ddweud."

"Be am i ni gael paned o de?" meddai'r ddynes. "Stedda di i sgwrsio efo Daniel tra bydda i'n berwi'r tecell. Neu fyddai'n well gen ti gael diod oer? Mae 'na ddigon o ddewis yn yr oergell." Diflannodd i'r gali, heb aros am ateb.

Amneidiodd Daniel ar Elin i eistedd yn ei ymyl. "Galwa fi'n Dan," meddai. "Mam ydi'r unig un sy'n fy ngalw i'n Daniel, a dim ond

pan mae hi'n flin mae hi'n gwneud hynny."
Gwenodd. "Dwed wrtha i sut y doist ti o hyd
i hanes Cawr a Cnaf."

Roedd calon Elin yn dyrnu. Doedd o ddim
yn gwadu'r peth! Rhaid ei bod hi'n iawn,
felly – *roedd* rhyw gysylltiad rhyngddo fo a'i
fam a theulu Harri Daniels . . . rhaid eu bod
nhw'n ffrindiau, o leiaf. Teimlai Elin ei bod
hi'n agos iawn at ddarganfod yr awdur dirgel.
Efallai ei fod o ar y cwch yr eiliad yma, hyd
yn oed!

"Mi ddigwyddais ddod ar draws blog
rhywun o'r enw Math Bowen," dywedodd
wrth Dan, gan wneud ei gorau glas i swnio'n
ddigynnnwrf.

Edrychodd Dan yn syn. "O ddifri? Ro'n i'n
meddwl ei fod o wedi rhoi'r gorau i sgwennu
hwnnw oesoedd yn ôl."

"Roedd o wedi cael ei sgwennu rai
blynyddoedd yn ôl," meddai Elin. "Cyn
hynny, ro'n i wedi edrych drwy pob gwefan,
blog ac erthygl am Harri Daniels, ond heb

ddod o hyd i unrhyw gliw. Penderfynais ddechrau chwilio am yn ôl, ond ches i fawr o lwc heblaw am yr hen flog 'na. Ro'n i angen cysylltu i weld fyddai o'n barod i mi ei gyfweld," eglurodd.

Ysgydwodd Dan ei ben. "Aros funud. Be wnaeth i ti feddwl y byddai Harri Daniels yn gadael i ti ei gyfweld pan nad ydi o *erioed* wedi gadael i neb arall wneud hynny?"

Cochodd Elin. "Dwi'n gobeithio bod yn newyddiadurwr, fel fy nhad," eglurodd. "Ac mae gen i swydd ran amser efo cylchgrawn . . . wel, profiad gwaith ydi o mewn gwirionedd, ond . . ."

"Felly be mae dy fam a dy dad yn feddwl ohonat ti'n rhedeg ar ôl pobl yn gofyn am gyfweliad?" Daeth mam Dan i'r golwg, yn cario hambwrdd efo mygaid o de, dau wydraid o sudd oren, a phlataid o fisgedi ffansi arno.

"Diolch," meddai Elin gan gymryd gwydraid o sudd oren. "Mae Mam yn ddigon bodlon. A bu farw Dad cyn i mi gael fy ngeni. Gohebydd rhyfel oedd o."

Syllodd y bachgen ar Elin. "Waw. Ym . . . ddrwg gen i glywed."

Gwenodd Elin er mwyn gwneud iddo deimlo'n well. "Mae'n iawn. Mae ei hen lyfr nodiadau o gen i, ac mae o'n hynod o cŵl."

"Mi ddarllenaist ti flog Math, felly, sy'n beth rhyfeddol achos roedden ni'n ffrindiau yn yr ysgol. Fuo fo ddim wrthi'n hir – jôc oedd y cyfan i fod. Roedd o wastad yn hoffi cyfrifiaduron a'r we . . . ac enwau. Ei syniad o oedd Harri Daniels a dweud y gwir. Roedd o mor falch pan benderfynon ni ddefnyddio'r enw."

Doedd Elin ddim yn siŵr be oedd Dan yn ei feddwl.

"Be ddywedodd Math Bowen i dy arwain di aton ni?" holodd ei fam, gan yfed ei the.

"Sgrifennu am enwau *cŵn* oedd o, a dweud bod cael pâr o enwau'n beth da. Un o'r parau y soniodd o amdanyn nhw oedd Cawr a Cnaf.

Dywedodd mai cŵn Harri Daniels – 'yr awdur sydd ar fin dod yn enwog'– oedden nhw."

"Ddywedodd o hynna?" chwarddodd Dan, gan edrych ar ei fam.

Cynigiodd hi fisged i Elin. "Mi fedra i lenwi'r bylchau rŵan," meddai. "Welaist ti fi a'r cŵn yn y parc. Glywest ti enw Cawr a rhoi dau a dau at ei gilydd."

"Ddrwg gen i," meddai Elin. "Do'n i ddim eisio tynnu lluniau na datgelu lle mae o'n byw, na dim byd felly. Ro'n i jest yn gobeithio y byddai o'n gadael i mi ofyn ychydig o gwestiynau am ei lyfrau a'i ffilmiau."

"Ac rwyt ti ar fin gwireddu dy ddymuniad," meddai'r bachgen.

Rhythodd Elin arno. "Ydw i?" holodd, a nodiodd yntau.

"Be . . . Ydi o yma, ar y cwch? Wnaiff o siarad efo fi?" Chwiliodd Elin am ei llyfr nodiadau yn ei bag. "Chymera i ddim llawer o'i amser o . . ."

Erbyn hyn, roedd Dan a'i fam yn chwerthin. Roedd wyneb Elin yn llawn dryswch, a thosturiodd y ddynes wrthi. "Bydd raid i ti ddweud wrth Elin, Dan. Neu wyt ti am i mi wneud?"

"Mi wna i," atebodd yntau gan glirio'i wddf. "Rwyt ti eisoes *yn* siarad efo Harri Daniels."

Syllodd Elin arno'n gegrwth. "Ti? Ti ydi Harri Daniels?" Ofnai ei bod hi'n swnio'n bowld, ond doedd ganddi mo'r help. Wnaeth hi *erioed* ddychmygu y byddai'r awdur mor ifanc.

"Wel, fi ydi'r Daniels – neu Daniel, a bod yn fanwl gywir; dyna fy enw iawn i. Fy mam, Harriet, ydi rhan arall yr enw . . . neu Harri fel mae pobl yn ei hadnabod hi."

"Ond . . ." Edrychodd Elin o'r naill i'r llall. "Ro'n i'n meddwl mai dyn oedd o."

"Dyna'n union be oedden ni am i bobl feddwl," eglurodd Harri. "Pan gawson ni'r blaendal mawr am y llyfrau ychydig flynyddoedd yn ôl, roedd Daniel yn dal i astudio ar gyfer ei Lefel A yn yr ysgol. Petai'r papurau wedi cael gafael ar y stori, fyddai o ddim wedi cael eiliad o lonydd."

"Awgrymodd y cyhoeddwyr y dylen ni greu llysenw, ac roedd cynnig Math yn berffaith," meddai Dan. "Mi weithiodd yn arbennig o dda, ond dydi cadw'r gyfrinach ddim mor bwysig erbyn hyn. Dwi wedi sefyll fy arholiadau ac am ohirio mynd i'r brifysgol am flwyddyn er mwyn i Mam a fi gael sgwennu'r llyfr nesa . . . ac rydan ni'n bwriadu mynd i hwylio!"

Roedd ei frwdfrydedd yn heintus, a gwenodd Elin arno. "Yn y cwch yma?"

Nodiodd yntau. "Rydan ni newydd ei phrynu – y trît mawr cyntaf ers i ni ddechrau ennill arian mawr. Ti'n ei hoffi hi?"

"Ydw," meddai Elin yn llawn edmygedd.

Dros ddiod a bisgedi, eglurodd Dan a Harri sut roedd y cwbl wedi digwydd. Pan fu tad

Dan farw ychydig flynyddoedd yn ôl, roedd Dan wedi addo i'w fam y byddai'n ei helpu i ennill digon o arian i'w cynnal. Dechreuodd y cwbl fel diddordeb y gallai'r ddau ei rannu, ond yn y diwedd trodd yn dipyn o obsesiwn – un a gynhyrchodd Trioleg y Garwddant, llyfrau oedd mor llwyddiannus nes cael eu troi'n dair ffilm.

"Y peth ydi," meddai Harri'n feddylgar, "wn i ddim a fydd y cyhoeddwr yn hapus i gylchgrawn i'r arddegau, fel *Calon*, ddadlennu'r gyfrinach. Maen nhw'n bwriadu trefnu digwyddiad mawr yn yr haf, ac yn awyddus i'r llyfrau apelio at ddychymyg y darllenwyr. Mae'r amseru'n berffaith gan fod y ffilm gyntaf wedi bod mor llwyddiannus a'r ail ar fin cael ei rhyddhau."

"Wel, dydw i ddim eisio difethau'u cynlluniau nhw," dywedodd Elin.

"Ond Elin wnaeth y gwaith ditectif i gyd," meddai Dan. "Felly fyddai o ddim yn deg petai hi ddim yn cael ei sgŵp. Dwi'n credu y dylai ei chylchgrawn hi gael cyfle i ddatgelu'r gwir ar yr un pryd â'r cyhoeddwr, o leia."

"Mae'r cwbl yn dibynnu ar yr amseru," meddai Harri. "Cylchgrawn misol ydi *Calon*, yntê?"

Nodiodd Elin.

"Wel, rŵan dy fod ti'n gwybod ein cyfrinach ni, fydd y cyhoeddwyr ddim eisio mentro aros, rhag ofn i'r stori fynd ar led," meddai Harri. "Tybed fydd modd i chi redeg y stori ar yr un pryd? Mae gen i syniad: pam na wnei di roi dy gyfweliad cyntaf i gylchgrawn *Calon*, Dan? Mi fydd raid i'r ddau ohonon ni wneud cyfweliad ar y cyd yn reit fuan, ond wela i ddim pam na all Elin wneud cyfweliad efo dim ond ti. Ti fydd yn ennyn diddordeb darllenwyr cylchgrawn fel *Calon*. Mi wna i drafod efo'r cyhoeddwyr – dydyn ni ddim wedi rhoi'r hawl iddyn nhw benderfynu *popeth* ynghylch yr ymgyrch gyhoeddusrwydd."

"Byddai hynny'n *wych!*" meddai Elin, yn methu credu'i chlustiau. "Mae o yr union math o beth y byddai darllenwyr *Calon* yn gwirioni arno."

"Mi wna i ffonio'r cyhoeddwyr," meddai Harri gan wenu. "Rhaid cyfaddef, mae hi wedi bod yn braf peidio bod yn llygaid y cyhoedd am sbel – ond mae'n rhyddhad gwybod na fydd raid i ni fyw celwydd am lawer hirach."

"Fyddet ti'n hapus i gael tynnu dy lun hefyd?" gofynnodd Elin yn obeithiol. "Os byddai'n well gen ti, gallet ddod draw i'r swyddfa am gyfweliad a sesiwn tynnu lluniau."

"Pam lai?" meddai Dan. "Mae o'n swnio'n sbort, a rŵan bod dim rhaid i ni gadw'r gyfrinach, does dim pwynt bod yn swil. Ond edrych . . . os na fydd hyn yn gweithio allan . . . mi drefna i i ti gael cwpwl o docynnau ar gyfer dangosiad cyntaf y ffilm nesaf. Hoffet ti hynny fel gwobr am dy ddyfalbarhad?"

Syrpréis arall

Cyn gynted ag y cafodd Elin rhifau cyswllt Dan a'i fam, brysiodd yn ôl i'r swyddfa. Er y byddai rhai o'r staff wedi gadael yn barod, roedd yn rhaid iddi gasglu ei phethau a gobeithiai gael cyfle i wneud yn siŵr bod Swyn yn iawn hefyd. Tybed oedd hi wedi cael stŵr gan Seren am fod mor hwyr yn dod â Caswallon yn ôl? A beth am Elin ei hun . . . beth fyddai gan Seren i'w ddweud wrthi hi?

Os oedd Eleanor yn dal yn y swyddfa, roedd Elin hefyd eisiau dweud wrthi am

Harri Daniels. Byddai'n rhaid iddyn nhw drefnu sesiwn tynnu lluniau efo Jo cyn gynted â phosib – y diwrnod canlynol os oedd modd.

Wrth iddi fynd i mewn drwy brif fynedfa'r swyddfa, y bobl gyntaf welodd Elin yn y dderbynfa oedd Swyn a Glyn. Cariai Swyn dusw anferth o flodau, ac roedd braich Glyn o'i chwmpas. Roedd golwg hynod hapus ar y ddau ohonyn nhw.

"Elin!" llefodd Swyn.

"Am flodau bendigedig!" meddai Elin gan eu hedmygu'n fawr.

Roedd Swyn yn wên o glust i glust. "Ydyn, maen nhw," meddai gan wenu ar Glyn. "Glyn yrrodd nhw i mi. Roedd yr holl beth mor rhamantus. Rydan ni'n ffrindiau eto, tydan?" holodd.

Pwysodd Glyn tuag ati a'i chusanu. "Dwi'n addo peidio busnesu eto efo'r crochenwaith. Neu o leia, mi wna i ngorau. Gei di daflu lwmpyn o glai gwlyb ata i os meiddia i ddweud rhywbeth."

Chwarddodd pawb.

Trodd Swyn at Elin. "Paid â phoeni am Seren. Mi rois i Caswallon i Debbie, ac mi wnaeth hithau ei roi yn ei fasged. Ges i neges ganddi i ddweud bod Seren heb ddweud gair am y peth."

"Diolch byth!" Roedd hynny'n rhyddhad i Elin. "Be am y swyddog yn y Sioe Gychod?"

"Roedd o'n iawn. Mi ges i fy hebrwng allan, a chael siars i beidio torri'r rheolau eto. Chwifies i'n llaw arno fo wrth i mi adael."

"Mae hynna'n union fel ti!" chwarddodd Elin.

"Be amdanat ti?" gofynnodd Swyn. "Gest ti rywfaint o help gan y ddau ar y cwch?"

"Do, yn bendant!" dywedodd Elin. "A rŵan, rhaid i mi fynd i chwilio am Eleanor. Gobeithio ei bod hi'n dal yn y swyddfa."

"Iawn," meddai Swyn. "Cer di. Rhaid i mi fynd â'r blodau 'ma adref i'w rhoi nhw mewn dŵr. Wela i di fory, Elin."

"Hwyl!"

Wrth esgyn yn y lifft, ceisiodd Elin ymarfer beth i'w ddweud wrth Eleanor. Hoffai petai'n gallu ymddangos yn gwbl ddigyffro, ond roedd hi'n amau y byddai'n rhuthro i mewn a bwrw'i bol wrth yr Is-olygydd. Erbyn iddi gyrraedd y swyddfa, fodd bynnag, roedd Eleanor eisoes yn gwybod y cyfan.

"Wel," meddai wrth Elin, "dwi newydd gael galwad gan swyddog cyhoeddusrwydd Harri Daniels. Mae'n edrych yn debyg dy fod ti wedi llwyddo i gael cyfweliad! Gwych!"

Roedd Gloria wrthi'n cau ei gliniadur, ond rhewodd ei bysedd wrth glywed geiriau Eleanor.

"Mae Seren eisio dy weld ti yn ei swyddfa'n syth bìn. Llongyfarchiadau, Elin!"

"Diolch, Eleanor!" Twtiodd Elin ei gwallt ac anelu am swyddfa Seren. Roedd wyneb Gloria'n bictiwr – yn gymysgedd o syndod, gwylltineb a chenfigen – ond doedd dim taten o ots gan Elin.

"Ty'd i mewn, Elin," meddai Seren pan gurodd Elin ar y drws. "Eistedda. Hoffet ti ddiod?"

Roedd hyn yn brofiad newydd i Elin – doedd y Golygydd erioed wedi'i thrin hi gystal. Eisteddodd ar erchwyn un o'r cadeiriau glas golau gan ystyried a ddylai hi ofyn am gwpanaid o de. Ond gwyddai mai Gloria fyddai'n gorfod mynd i'w gwneud, ac na fyddai hi'n hapus o gwbl. A beth bynnag, roedd hi'n ddiwedd y dydd. Doedd dim angen i Elin fod yn gas tuag at Gloria.

"Dim diolch," meddai.

"Felly, y cyfweliad 'ma," meddai Seren yn ei llais 'proffesiynol'. "Dywedodd swyddog cyhoeddusrwydd Harri Daniels y gallwn ni gyhoeddi erthygl amdano yn ein rhifyn nesa, ac mae o am i ti ei sgwennu hi. Mae hynna'n andros o sgŵp!" Edrychodd ar Elin. "Rhwng hynny a stori Fflur Lewis, rwyt ti wedi llwyddo i gael dau sgŵp i ni mewn un wythnos. Ai dy uchelgais di ydi llenwi'r cylchgrawn cyfan ar ben dy hun rhyw diwrnod?"

Wyddai Elin ddim beth i'w ddweud. Oedd Seren wedi'i phlesio efo'i gwaith hi ai peidio? Doedd hi ddim yn rhy sicr . . . "Ym . . . wel, na . . . sori os . . ."

Cododd Seren ei bys i'w rhwystro rhag siarad. "Jôc oedd hynna," dywedodd. "Dwi'n hynod o falch ohonot ti, yn amlwg. Yr unig gŵyn fyddai gen i ydi y bydden i'n hoffi mwy o fwlch rhwng dy sgŵps di yn hytrach na'u bod nhw fel bysys – sawl un ohonyn nhw'n cyrraedd ar yr un pryd. Mae sgŵps yn gwerthu cylchgronau, ond dydi dau sgŵp yn yr un rhifyn ddim yn gwerthu dwywaith cymaint o gopïau." Gwenodd. "Beth bynnag, dwi'n sylweddoli nad oes modd cynllunio'r pethau 'ma bob amser. Felly da iawn ti."

"Diolch," meddai Elin, gan obeithio nad oedd y Golygydd yn bwriadu dweud unrhyw jôcs eraill.

Cododd Elin i fynd, ond fel roedd hi ar fin cyrraedd y drws dywedodd Seren rywbeth arall. "Elin."

"Ia?"

"Roedd gen ti dasg oedd bron yn amhosib i'w chyflawni, ond mi lwyddaist ti. Dwi'n sylweddoli bod elfen o lwc ynghlwm wrth yr holl beth, ond roedd angen i ti fod ar flaenau dy draed ac yn ddigon penderfynol i gymryd mantais o'r cyfle pan ddaeth o. Nid fy lle i ydi dweud hyn, ella, ond dwi'n credu y byddai dy dad wedi bod yn falch iawn ohonot ti. Yn sicr, dwi'n falch iawn ac yn hynod hapus dy fod yn aelod o staff *Calon*."

Wrth i Elin gerdded yn ôl at ei desg, roedd geiriau Seren yn atseinio yn ei phen. Bron na allai synhwyro ei thad yn sefyll yn ei hymyl. "Dyma'r bywyd i mi, yn sicr," meddai Elin yn hyderus.